KB119048

언젠가 이 밤도 노래가 되겠지

언젠가 이 밤도 노래가 되겠지

당신의 노래를 기다리며

이런 꿈을 꾼 적이 있다.

라디오 방송이 시작되고 내가 쓴 에세이를 읽어야 하는 시간이
다가와 BGM은 흘러나오는데 내 손에는 빈 종이만 들려 있는 꿈.
무슨 말이라도 해야 하는데…… 하는데…… 중얼거리다가 꿈에서
깼다. 아, 아무리 짧은 글이어도 부담이 컸구나, 싶은 생각에 웃음
이 났다.

이처럼 쉽지만은 않았던 매일의 이야기들이 쌓이다 보니 한 권
의 일기장이 되었다. 스케치만 된 글에 음악이 예쁜 옷을 입혀주
는 것 같아 추천곡을 함께 실었다. 번거롭더라도 한 곡 한 곡 찾
아 들으며 이 글을 읽어주시기를 부탁드린다. 그리고 하나 더, 가
능하다면 당신도 매일 짧은 일기 한 줄씩을 써보길 추천한다. 언
제일지 모르는 미래의 나에게 주는 선물이라 생각하며.

윤주

돌아보면 5년 내내 빠짐없이 무언가를 채운 일이 거의 없었다. 단순히 책을 냈다는 사실보다도, 길고 긴 퍼즐에서 내 몫의 미션을 수행했다는 것이 기쁘다. 마치 유치원 아이가 장난감 블록을 완성하고 기뻐하는 것처럼 말이다. 어쩌면 나는 5년이란 시간 동안 기록의 과정 한가운데 있는 내 모습을 발견해서 좋았는지도 모르겠다. 거기다 더 좋았던 건 글을 쓰면서 '내가 이런 사람이었구나'라는 사실을 알게 됐다는 거다.

이제껏 걸어온 시간을 생각하면 고심이 가득한 날도 있었고, 눈물 나게 기뻤던 날도 있었고, 마음이 망가진 날, 억지로라도 용기를 낸 날, 다시 시작하고 싶은 날도 있었다. 시간이 지나고 보니 조각조각 모인 하루하루는 나란 사람을 객관적으로 볼 수 있게 도와주는 창문이자, 나의 에피소드로 가득한 인생곡 가사가 되어 있었다. 쉽진 않았지만 '역시 하길 잘했다' 싶은 순간이었다.

글과 함께 추천한 BGM들은 책을 읽는 동안 당신을 잠시나마 어디론가 데려갈 수 있을 거라 생각한다. 그래서 추천하고 싶다. 이 책과 음악으로 잠시 떠나보는 것도, 당신의 이야기로 채운 인생곡 가사를 써보는 것도.

세진

차례

Track 2 ♬▶ 아무도 너의 슬픔에 관심 없대도

Track 3 ♬▶ 사랑이 죽지 않게

Track 4 ▶▶ 잘 지내, 어디서든

누구도 괜찮지 않은 밤이 지나고

무거운 밤

● 윤주

가끔 나를 포함한 모든 사람이 불쌍하게 느껴질 때가 있다.

이유가 명확하게 있는 건 아니면서 한편으로는 모든 게 이유가 되기도 한다.

비를 홀딱 맞으며 오토바이로 배달 중인 이의 젖은 양말이, 편의점 앞에 앉아 담배를 피우고 있는 이의 무거운 표정이, 잠들지 않는 아이를 안고 오래도록 방 안을 걸어 다니는 이의 무거운 어깨가, 끝나지 않는 일과 공부를 붙잡고 지친 하루를 보내고 있는 이의 답답한 마음이, 가족을 위해 무거운 마음을 감추며 오늘을 견딘 이의 미소가.

갑자기 떠오르는 수많은 장면에 마음이 무너진다. 괜찮아질 거라는 뻔한 말이라도 건네고 싶은 밤.

깊은 밤이 지나고 나면 우리의 마음에도 반짝 해가 뜰 거라고, 그러니 주저앉지 말고 내일을 기대해보자고, 한 명 한 명 안아주며 응원하고 싶은 밤이 천천히 깊어간다.

희한한 시대

▲
세
진

언젠가부터 상상하지 못한 희한한 일들이 우리 일상에 채워지기 시작했다. 몇 년 전만 해도 완전히 동떨어진 일이라 생각했던 전염병의 발병, 빙하가 녹고 있다고는 하지만 우리 옆 동네에서 녹고 있는 건 아니기에 체감상 덜 와닿았던 기후 변화. 그리고 저 멀고 먼 대륙에서 일어나는 많은 전쟁까지, 그저 안타깝고 유감스러운 남의 이야기라고만 생각했다. 그런데 최근 2, 3년 동안 변화의 폭풍을 겪으며 멀고먼 남의 이야기가 내 집 한 발짝 앞까지 온 것처럼 느껴지고, 내 친구의 친구가 지금 당장 겪고 있는 상황일지 모른다는 생각도 든다.

요즘 같은 날이면 부쩍 생각나는 노래가 있다.

'세상 풍경 중에서 제일 아름다운 풍경, 모든 것들이 제자리로 돌아오는 풍경.'

이 가사처럼, 모두가 제자리로 돌아가는 아름다운 풍경이 하루빨리 다시 오기를 간절히 기도한다. 지극히 평범해서 더 아름다웠던 일상으로.

현재 위에 굳게 발을 딛고서

●
윤
주

"나는 열아홉 살에 죽음에 대해 진지하게 고민했었어. 오랜 고민을 하다가 살아야겠다고 다짐했어. 그때 이후로 나는 매일매일이 새로워. 내가 선택한 삶이잖아."

언니는 계속해서 말했다.

"그래서 난 과거도 미래도 생각 안 해. 그냥 지금만 생각해. 게으르게 살았든, 열심히 살았든 결국 소중한 하루잖아."

꽤 오래전의 이야기를 마치 얼마 전 일처럼 또렷하게 기억하며 이야기하는 걸 보니 분명 그날이 언니에게 주어진 두 번째 삶의 시작이었나 보다.

과거와 미래에만 살던 내가 이제야 현재를 살아보려 마음먹고 나니 그날의 대화가 오래도록 마음에 남는다. 생각해보면 반듯하게 그려진 길을 걷는 이들과 삐뚤삐뚤 그려진 못생긴 나의 하루를 비교하며 그동안은 충분히 나를 사랑하지 못했던 것 같다. 지금 흐르는 이 시간도 다시없을 소중한 하루일 테니 부디 후회와 다가오지 않은 불안 속에서 벗어나, 우리 오늘을 살자.

닿을 수 없는 안부

●
윤
주

사람을 잊는 건 어렵기도 하고, 무서울 만큼 쉽기도 하다. 평생 가슴에 남을 것 같던 사람도 어느 순간 희미해져 언제 그랬냐는 듯 잊고 살아간다. 예전처럼 밥을 먹고 일을 하고 사람들을 만난다. 그러다 아무 일도 아닌 일에 눈물이 터져 나오면 그땐 걷잡을 수가 없다. 쏟아져 나오는 걸 멈출 수가 없다. 애도하지 못한 채 넘겨버린 추억과 시간들이 떠올라 나를 괴롭힌다. 사실은 괜찮지 않다고, 다 잊지 못했다고 서럽게 들썩이는 어깨가 금방 멈춰지지 않는다.

그렇게 아픈 기억이 왔다 가면 한동안은 너무 힘이 들어 더 이상은 떠오르지 않았으면 좋겠다가도 정말 흔적 없이 사라져버릴까 봐 오늘도 마음에서 완벽히 놓지 못했다.

잘 지내니.

모두의 안녕을 기원하는 밤에

▲
세
진

오랫동안 연락이 닿지도, 먼저 연락해보지도 않았지만 그냥 잘 지냈으면 하는 사람들이 있다. 그 사람이 어디에 있든 씩씩하게 잘 있었으면 하는 바람 같은 것. 크게 아프지 않고 일이 너무 고되지 않으며 갑작스러운 사고는 부디 비켜가기를. 큰 행운이 있기보다는 불행이 없기를. 훗날 언제 만나도 환하게 웃으며 만나게 되기를. 연락도 못 한 채 각자 보냈던 시간들이 무색하게 서로의 이야기를 쏟아내고, '역시 사람 사는 건 다 똑같구나'라는 평온한 결론을 얻고서 또다시 무탈하게 살아냈으면 한다.

잘 지내, 어디서든.

좋은 음악을 들으면

윤
주

가끔은 내가 이어폰으로 듣고 있는 이 음악이 모든 사람에게 들렸으면 좋겠다는 생각을 한다.

울고 싶은데 울지 못하는 사람, 아무것도 하지 못하는 무기력한 사람, 음악을 듣는 것마저 사치라고 생각하는 사람들 모두에게 가끔은 동네 이장님이 되어 큼큼 목을 다듬어 안부도 묻고, 좋은 음악으로 사람들을 꼬옥 안아주고 싶다.

♫ ▶ 아름다운 사람 | 김민기 | 17

우리는 원래 그런 사람

오늘따라 하늘이 참 예쁘다고 얘기하는 사람, 이름 모를 꽃을 보며 길 가장자리에서 수줍게 사진을 찍는 사람, 어느 날 우연히 TV에서 본 영화가 슬프다며 펑펑 우는 사람. 작은 감정도 모른 척하지 않고 들여다봐주는 그런 사람.
우리도 원래 그런 사람이었다.

라디오에서 흘러나오는 어떤 노래에 감동받아 눈물을 흘린 날, 아직 나를 울게 하고 설레게 하는 뭔가가 있다는 게 참 다행이란 생각이 들었다. 그것만으로 오늘 하루 잘 살아낸 거라고.

어떤 날의 기도

●
윤
주

오랜 시간이 흘러 돌아볼 때, 힘들게 꺼냈던 오늘의 이야기가 그때는 잊힐까. 아무 일 없다는 듯 애써 웃다가 혼자 있는 시간이 찾아오면 쏟아지던 너의 눈물이 그때는 잊힐까.

괜찮아질 거라는 말.
너는 정말 좋은 사람이라는 말.

위로라 여겨지는 숱한 말이 혀끝에서 맴돌다가 끝내 소리가 되어 나오지 못했다.
언젠가 다시 사랑을 시작할 때 그 사랑이 우주보다 커서, 그 커다란 사랑이 너를 꼭 안아주면 좋겠다고, 꼭 그렇게 사랑받길 바란다는 그 말도 차마 소리가 되어 나오지 못하고 흐느껴 우는 등만 오래 어루만졌다.

새들의 위로가 필요한 당신에게

▲
세
진

지구 반대편으로 도망친 나에게 강물은 말한다.

"잔잔하렴. 네 마음이 더 고요해지게."

갈 수 있는 한 멀리 떠나 온 나에게 새들은 말한다.

"눈을 감고 바람에 쉬어 가."

마음이 가난하여 쫓기는 나에게 숲은 이야기한다.

"걱정 마, 벅찬 가슴으로 돌아갈 테니."

혼자 힘으로 힘든 하루를 버틴 날엔 하늘이 속삭인다.

"울지 마, 홀로 두지 않을게."

눈과 귀를 꽉 막고 서서 포기하고 싶던 날엔 파도가 말한다.

"들어봐, 네 마음을 가득 채울 테니."

세상은 위로로 가득하다. 백 가지 아픔이 있다면 백 가지 위로가
있는 것도 세상이다. 다만 내가 외면하고 있을 뿐. 나를 둘러싼
많은 것이 나를 힘껏 안아주고 있다.

시간은 슬픔을 가져가지 않는다

윤
주

몸이 아프지만 어디가 아픈지 정확히 모를 때면 불안감은 더 커
진다. 이것 때문일까, 저것 때문일까, 수많은 의문의 가지들이 뻗
어나가다 보면 안 아팠던 곳까지 아픈 것 같기도 하다. 그래서 정
확한 진단을 받고 나면 오히려 더 빨리 치료가 되기도 한다.

이별의 이유를 알지 못한 채 이별을 당하면 우린 그 이유를 오랜
시간 찾아 헤맨다. 이별의 슬픔만으로도 아무것도 할 수 없는데
왜 헤어졌는지, 무슨 문제가 있었는지, 모든 게 다 나 때문인지
해결되지 않는 고민과 답답함에 슬픔의 잔가지는 너무 많이 자
라난다.

시간은 슬픔을 가져가지 않는다. 키워낸다. 그리움을 먹고 자라
며 후회와 미안함을 안고서 슬픔은 꿋꿋이 그 자리를 지킨다.

우리가 할 수 있는 일은, 오래도록 자라난 잔가지가 햇빛을 가려
그 어둠 속에서 더 외로워지지 않기를 기도하는 것뿐이다.

어 른 모 드

▲
세
진

나만의 시간을 보내는 주말엔 누구도 신경 쓰지 않는 내 모습 그대로 지낼 수 있지만 평일엔 다르다. 사회 구성원으로서 맡은 역할에 충실하기 위해 너도 나도 모드를 바꾼다. 더 냉철하고 더 부지런하게, 더 부드럽고 더 차분하게.

매일 아침 문을 열며 각성하는 모습이 때론 애처롭지만 그런 날들이 모여 단단한 어른이 되어가는 거겠지, 하며 애써 위로한다. 어깨가 유난히 굽은 사람을 보면 무엇이 당신에게 그리 큰 짐을 지웠느냐고 묻고 싶어진다. 그리고 동시에 대답이 들린다.

'새삼스럽게 뭘 그런 걸 물어, 내가 알던 모든 어른도 그랬을걸.'

헛헛한 웃음과 함께 돌아올 대답을 상상하며, 한 번쯤 그 안의 어린아이가 함박웃음을 짓는 순간이 있기를 기도한다.

지금, 여기, 우리를 생각하며

● 윤주

하루를 성실히 살아내느라 보지 못한 것들,
하지 못한 말들을 가끔은 생각하기를.
해결해야 하는 것들에 짓눌려
잊고 있던 가슴속의 꿈들이 사라지지 않기를.
내가 가는 길을 방해하는 것들 가운데서
진짜 지켜야 할 것이 무엇인지 알고 걸어가기를.
문득 멈춰 서서 뒤돌아볼 때
어두운 밤 낯선 길 위에 혼자 덩그러니 남겨지지 않기를.
늘 비슷한 하루 속에서도 어제와 같은 오늘은 없으니
쉽게 놓치고 지나친 것들을 꼭 한번 천천히 바라보기를.

그래서 매일 새로운 날을 살기를.

진정한 용기

▲
세
진

어릴 땐 용기 내야 할 일이 많았다. 절박함과 용기는 같이 다니는 거라 이룬 게 없던 시절엔 오히려 용기가 솟구쳤다. 그런데 어른이 되니 용기를 내는 게 쉽지가 않다. 다칠까 봐, 잃을까 봐, 평가받게 될까 봐, 애써 용기를 내는 대신 어물쩍 넘기는 일도 많았다. 살면서 겪어보니 용기를 내기 힘들 때 내는 용기가 진짜 용기였다. 성공하게 될지, 실패하게 될지 전혀 가늠되지 않아도 주먹을 불끈 쥐고 두려움에 정면으로 맞설 때. 설령 상대방의 그림자에 내가 가려도 그 순간 터져 나오는 한마디가 진정한 용기인 거다. '그럼에도 불구하고' 지켜내기 위해 필사적으로 힘을 낼 때. 그 순간만큼은 성패를 떠나 우리는 모두 고결하고 아름답다.

오늘도 고군분투한 당신에게 박수를 보내며.

누군가의 우주에게

윤
주

햇빛이 잘 드는 방향의 이파리 색이 더 짙어졌고 목이 긴 선인장
은 햇빛 쪽으로 몸이 기울었다. 식물도 사람도 필요한 것이 있는
쪽으로 몸과 마음이 기우는 게 당연지사. 골고루 햇빛을 보며 자
랄 수 있게 방향을 바꿔주고 관심을 기울이는 건 우리 집에 온 순
간부터 내게 주어진 당연한 책임과 사랑이다.

아침이면 어김없이 비추는 햇빛처럼 보살핌에는 이유나 약속이
필요 없다. 수고로움이 아닌 그저 당연한 도리다.

말하지 못하는 식물과 동물 그리고 아이들이 바라볼 수 있는 건
앞에 서 있는 당신뿐이다. 좋은 사람이든 나쁜 사람이든 당신은
그들에게 햇빛이다. 당신의 눈길과 손길은 작은 우주를 비추는
따스한 빛이 되고, 그 빛이 사라지면 그들은 세상을 잃는다.

누군가의 세상을 잃게 할 권리는 그 누구에게도 절대로 없다.

모두를 응원하고 싶은 날에

누군가는 진열을 하고 누군가는 계산을 하고 또 어딘가에선 세상이 필요로 하는 것들을 쉼 없이 만들어낸다. 크고 작은 수고가 톱니바퀴처럼 맞물려 오늘도 견고하게 세상이 굴러간다.

누군가 알아주지 않아도 자기 자리에서 묵묵하게 일을 하는 사람들. 서로가 서로 덕분에 쉽게 걸어가고 있다는 걸 아는지 모르는지 그것이 당연한 것이라며 말을 아끼고 각자의 하루를 보낸다.

오늘도 그렇게 웃어넘기는 이들에게, "당신 참 대단한 거 알죠?" 하며 어깨 한번 툭 두드려주고 싶다.

가만히 있어도, 말은 안 해도.

엄마는 늘

윤
주

이사 준비를 하는 엄마와 통화를 했다. 사진들을 정리하고 있다고 했다. 필요 없는 사진을 한 장 한 장 정리하며 그 시절 사람들과의 추억을 기억하고 있다고. 나중에 당신 사진이 너무 많으면 우리가 버릴 때 귀찮을 테니 미리 버리는 거란다.

엄마는 늘 그렇다.

태어날 때부터 엄마였던 사람처럼 주는 사랑에 능숙하고 그 사랑의 항아리는 잘 마르지도 않는다. 사진 한 장도 자식에게 신세 지고 싶어 하지 않는 엄마에게 나는 얼마나 사랑을 주는 딸이었을까.

웃음 뒤의 눈물을 알아봐주는 사람

▲
세
진

웃음 뒤에 감춰진 눈물을 보는 사람, 말하지 않아도 숨은 감정을 알아차리는 사람을 만나면 특별한 감정을 갖게 된다. 단순히 말이 잘 통하는 사람을 만나는 것과, 긴 말 없이도 마음을 알아채는 사람을 만나는 건 아주 다른 일이다.

시시콜콜한 감정을 모두에게 들키기는 싫어도 가끔 누군가는 내 마음을 알아줬으면 싶을 때가 있다. 말로 설명하기 싫은 모순적인 감정들을 한 번에 어루만져주는 사람이 있다는 건 그래서 고마운 일이다.

아무리 열심히 말해도 내 마음을 전부 설명하기 어려운 세상에서 무언가 통하는 사람이 있다는 것만큼 기분 좋은 일이 또 있을까. 그런 사람이 곁에 있다면 한 번 더 웃고 슬쩍 더 챙겨주자.

말과 말

윤주

호수에 돌을 던지는 건 쉬운 일이지만, 그 돌이 정확히 원하는 곳에 떨어지진 않는다. 잔잔하게 퍼지는 물결의 파장도 어디까지 갈지, 언제 멈출지 이미 내 손을 떠난 일이다.

말이란 쉽게 내뱉을 수 있지만 그 말이 상대방의 마음에 내 뜻대로 안착하는 건 여간 쉽지 않다.

가끔은 생각지 못한 말이 내 가슴에 콕 박혀 한동안 빠지지 않을 때도 있다. 하지만 그 벌어진 틈새를 메워주는 것도 결국엔, 말이다. 고생했다는 말, 잘 버텼다는 말, 고맙다는 말, 미안하다는 말. 그래서 말은 참 쉽고도 어렵다.

불평 주머니가 터지기 전에

●
윤
주

작은 가방을 들면 꼭 필요한 물건만 넣게 되고, 큰 가방을 들면 혹시나 하는 마음에 어지간한 물건을 다 집어넣게 된다. 큰 물통을 들고 나오면 그만큼의 양을, 작은 물통을 들고 나가면 딱 그만큼의 물만 마시게 된다. 유독 그날만 목이 덜 마른 것도, 필요한 물건이 없는 것도 아닌데 말이다.

습관적 과식을 통해 위가 늘어나듯 습관적 불평을 통해 내 마음의 불평 주머니는 조금씩 더 커져갈 게 분명하다. 용량이 늘어난 불평 주머니는 남은 공간을 계속해서 채워나갈 테고 안 그래도 복잡한 머릿속은 더 답답해질 것만 같다.

혹시나 안 좋은 생각이 머리에 가득 찰 그때를 위해, 작은 고마움을 주워 담고 사소한 아름다움도 챙겨둘 수 있는 감사의 마음 가방은 가장 크게 준비해둬야겠다.

위로하고 위로받으며

▲
세
진

어떤 이의 편지 속에 이런 글이 있었다.

'울고 싶은 날이면 가장 큰 소리로 비를 내려주는 사람들. 있는 그대로의 옥달을 응원해!'

우리가 노래를 부르면 한쪽에서만 울리고 흩어지는 소리인 줄 알았다. 그런데 그 노래가 듣는 이의 가슴을 거쳐 메아리처럼 돌아왔다. 돌아온 메아리는 각자의 이야기와 추억이 더해져 더 단단하고 깊은 노래가 되어 있었다.

사람들의 응원 속에 우리 역시, 울고 싶은 날 우산을 들어주는 이들의 마음에 기대어 슬쩍 눈물을 훔쳐본다. 서로에게 비가 되어주기도 하고 우산을 내어줄 수도 있는 우리라서 참 좋다.

엄 마 의 말

●
윤
주

새해를 살고 있는 나에게 엄마는 말했다.

아기처럼 좋아하고 나를 위해 용서하고 희로애락을 모두 느끼
며, 주변 사람들에게 피해 주지 않는 선에서 싫으면 싫다 표현하
며 살라고.

앞으로 어떻게 살아야 하나 고민이 될 때마다 엄마의 이 말이 떠
오를 것 같다. 돈을 많이 벌고 열심히 사는 것도 중요하지만, 엄
마가 말해준 저 몇 가지의 일들이 성실하게 내 마음을 지켜준다
면 다른 것들은 자연스레 따라오리라는 믿음이 생긴다.

오늘 하루, 당신은 당신을 위해 얼마나 용서했는지, 작은 것에 얼
마나 아기처럼 좋아했는지 묻고 싶어진다.

천천히 크는 만큼 튼튼해요

● 윤주

노트북 앞에 앉아 이런저런 일을 하다 생각이 멈추는 순간이 오면 창밖을 본다. 천천히 움직이는 구름을 보다 창문 앞에 있는 식물들에 시선이 가면 분무기로 물을 주는 습관이 생겼다. 열심히 쑥쑥 크는 아이들이 있는가 하면 아픈 곳은 없지만 성장이 멈춘 듯 아무런 변화가 없는 식물도 있다.

"성장이 엄청 더딘 아이라 인내심을 갖고 키우셔야 해요. 천천히 크는 것만큼 정말 튼튼하답니다."

식물을 살 때 설명을 들어서인지 조급한 마음은 들지 않는다.

우리 각자의 속도에 대해서도 누군가 설명을 해준다면 다른 사람들과 비교하지 않으며 살아갈 수 있을까?

재수 생활 때, 조금 느리지만 기다려준다면 분명 잘 해낼 거라고 부모님께 말해줬던 선생님의 말이 십여 년이 지난 지금까지도 마음 깊이 고마움으로 남아 있다. 실패를 맛봤던 순간, 선생님의 그 한마디가 없었다면 나의 성장 속도를 알아차리지 못한 채 포기하지 않았을까?

그저 위로를 건네는 말이었다 하더라도 그 후로 나는 무언가를 시작할 때마다 선생님의 말을 떠올린다. 느리지만 분명 잘할 거라는 말. 그 말이 틀리지 않았다는 걸 증명하고 싶어서라도 더 노력하는 아이가 되었다는 걸 선생님은 아시려나.

느려도 괜찮다. 천천히 성장하는 만큼 완전할 테니.

담배

▲
세
진

가끔 내가 담배를 배우지 않은 게 천만다행이란 생각을 한다. 왜 인지는 몰라도 담배를 배웠다면 지금까지 끊지 못했을 것 같다. 그 대신 커피와 술을 배워서 별반 차이가 없을지도 모르지만. 거 리에서 담배를 태우는 사람들의 회한 섞인 한숨, 연기 속에 숨겨 져 있는 페이소스가 때론 멋져 보이기도 했다.

그럼에도 담배 연기는 내겐 달갑지 않은 존재다. 거기다 한겨울 시베리아 뺨치는 칼바람을 뚫고 나가서 담배를 피우는 사람들을 보면 참 답이 없는 기호식품이구나 싶다.

점심시간이 끝나고 회사로 들어가기 전, 그리고 퇴근을 하면서, 또 홀로 일을 하던 중에 휴식을 취하며 잠깐 담배를 피우는 사람 들의 얼굴이 눈에 띨 때가 있다. 그 사람들이 내뱉는 연기 속에는 이것 외엔 마음을 삭일 게 없다는 듯 복잡한 표정도, 무언가를 포 기하지 않을 이유를 찾는 듯 결의에 찬 모습도 보인다.

그런 장면을 보고 있노라면 담배도 때로 사람에게 하나쯤은 주 고 가는구나, 라는 생각이 든다. 나는 그게 뭔지 알 수 없겠지만,

그날만큼은 그저 담배 한 대에 위안받는 삶이, 결코 쑥스럽지만은 않았으면 좋겠다고 생각했다. 내뱉는 숨결 속에서 부디 홀가분해지기를.

무지개를 닮은 말

윤주

고민이 많을 때면 생각나는 친구가 있다.

힘든 일을 겪었던 그 친구는 시간이 지나 비슷한 이유로 힘들어하는 나에게 이런 말을 했었다.

"너에게 이런 이야기를 해주려고 내가 먼저 힘들었나 보다."

큰 위로가 된 따뜻한 말이었다.

집채만 한 파도가 이곳저곳에서 나를 향해 덮쳐와 가끔은 버겁고 무섭기도 하지만 모든 것에는 끝이 있을 거라는 믿음. 쓸려 온 해변일지라도 잠시 쉴 수 있는 곳이 분명 나를 기다리고 있을 테니 잘 버티고 잘 견뎌내보리라 마음을 다잡아본다.

"기도할게"라는 말 한마디가 내게는 무지개 같았다고, 언젠가 친구에게 꼭 말해줘야겠다.

좋은 어른

●
윤
주

어디로 가야 할지 길을 잃을 때, 어디에도 마음 둘 곳 없이 공허하고 마음이 가난해질 때, 그때마다 생각나는 좋은 어른이 있다는 건 세상을 살아가며 얻을 수 있는 가장 큰 선물이다. 그들의 이야기는 힘든 순간순간마다 마음의 빈 공간을 찾아 알맞게 채워준다.

모든 일에 머뭇거리는 시간이 길어진 요즘, 가만히 앉아 그들이 썼던 글을 읽고 그들이 했던 이야기를 듣고 그들의 음악을 듣는다. 지혜가 있는 그들도 내 나이에는 혼란스러움과 불안함을 갖고 살았으려나.

내가 좋아하는 멋진 어른들처럼 순수하고 따뜻하고 열정적으로 살고 싶다는 생각이 든다. 그들이 묵묵히 걸었던 그 길을 따라 걷다 보면 언젠가 나도, 그들과 조금이라도 닮은 부분이 생길 수 있지 않을까.

잔혹동화의 극적인 해피엔딩을 기다리며

▲
세
진

어릴 때 본 동화책은 꼭 이런 식으로 끝났다.

'그리고 오래오래 행복하게 살았답니다.'

그리고 우린 자라면서 현실은 동화와 판이하게 다르게 전개된다는 걸 깨닫는다. 굳이 동화에 비유하자면 모질고 매서운 잔혹동화쯤 될까.

혼란한 시대일수록 막연한 환상이 생기기도 한다. 콩쥐의 깨진 독을 막아준 두꺼비, 신데렐라 앞에 짠 하고 나타난 요정, 장화홍련의 한을 풀어준 원님처럼 내 앞의 어려움을 깨끗하게 날려줄 누군가가 등장한다면.

하지만 이 모두를 해결해줄 영웅을 기다리며 구경꾼처럼 지내기보다 지금 내 자리에서 지킬 건 지키고 할 수 있는 일을 충실히 한다면 그게 바로 영웅이 아닐까. 동화의 마지막 장면처럼 오래오래 행복하게 살아가려면 내가 영웅이 되는 수밖에 없다. 잔혹동화일지라도 아름다운 엔딩을 위해.

돌아오는 마음

● 윤주

힘들어하는 친구에게 보낼 문자를 쓰며 혼자 울컥했다. 친구에게 힘을 주려고 써 내려간 문장들이 실은 내가 듣고 싶은 말이었나 보다. 누군가 나에게 보내온 마음을 받아 적는 기분처럼 문자를 쓰는 손이 내가 아닌 것 같았다.

그저 나를 떠난 말들이 다른 이의 마음에 무사히 도착하기만을 바랐다. 그런데 누군가를 위로해주기 위해 쓴 마음이 결국 나에게 더 큰 위로가 되어 찾아왔다. 마음은 언젠가 결국 부메랑처럼 돌아오나 보다. 그래서 우리에겐 늘 따뜻하고 좋은 생각이 필요한 거겠지.

울기 좋은 기회

●
윤
주

옷걸이에 옷을 걸다 옷들이 와르르 무너졌다.

눈물이 터졌다. 때마침 울기 좋은 기회라고 생각했다.

짜증이 나서 눈물이 나온 거라고 나를 속였다. 그저 짜증이 나서
주저앉은 것뿐이라고, 옷들이 쏟아지는 바람에 눈물이 난 것뿐
이라고, 아무도 묻지 않는 이유를 혼자 되뇐다. 무너진 옷들을 정
리하다 그마저도 힘이 빠져버렸다.

이렇게 가만히 앉아 있다 보면 늘 그랬듯 시간이 또 지나가겠지.
그러고는 곧 괜찮아지겠지.

정답지가 없는 세상 속에서

▲
세
진

높지 않은 확률에 무언가를 걸어본 적이 있는가?

생각할수록 헷갈릴 때, 처음 마음먹었던 순간보다 커져버린 불안감에 점점 확신이 줄어들 때. 그런 순간이 오면 과연 다들 어떤 선택을 할지 누구라도 붙잡고 묻고 싶어진다.

제삼자의 시선에서 객관적인 판단을 하고 싶지만, 무슨 일이든 막상 내 상황이 되면 그 상황을 정면으로 바라보기가 쉽지 않다. 정답지가 없는 세상 속에서 나는 때때로 처세하는 방법을 책에서 찾고 싶을 만큼 답답해지곤 한다.

그래서 묻고 싶어졌다. 유리하지 않은 상황 속에서 오직 내 직감을 믿고 전진하는 것에 대하여.

나를 닮은 사람

▲
세
진

가끔 누군가를 만날 때 그 사람이 어떤 사람인지 그냥 알아질 때
가 있다. 어떤 표현으로 대신해도 완벽하게 전하기는 어렵겠지
만, 아마도 서로를 알아본다는 느낌. 내가 가진 흠을 상대방이 가
지고 있을 때, 그 사람의 말투에서 어떤 방어기제를 가졌는지가
보일 때, 어떤 이야기에 웃음이 터지고 무엇에 시무룩해지는지
저절로 알아질 때 말이다.

그런 모습을 볼 때면 묘한 동질감과 함께, 내가 뭘 안다고 괜한
동정심 같은 것도 생긴다. 그러고는 이내 친해지고 싶다는 생각
을 한다. 때론 누군가가 너무 완벽해 보여서 좋아지기도 하지만
결국 내 마음을 움직이게 하는 건 그들도 나와 똑같은 사람이라
고 느낄 때다. 내가 가진 흠이 다른 사람의 마음속을 파고 들어갈
수도 있다고 생각하니 조금 흥미로워진다. 상처받은 인간들이지
만 그렇지 않은 척, 매력적으로 살아가고 있듯이.

사람의 마음을 안다는 오해

윤
주

아무리 친한 사이라 해도 그 사람의 마음속 깊은 곳까지 알기는 어렵다. 마음을 지레짐작하는 건 교만이다. 우리가 안다고 생각하는 것들은 상대가 겉으로 보여준 딱 그만큼의 마음이거나 경험이 만들어낸 추측일 뿐인데, 스스로의 마음이 편해지기 위해 전부를 사실이라고 믿어버리는 경우가 있다.

내게 슬프고 기쁜 일들이 상대에게도 꼭 같은 마음일 수는 없을 텐데 그 당연한 걸 당연한 듯 잊고 있었다. 가까울수록 더 상처를 쉽게 주고받을 수 있다는 건 이미 오래전부터 반복적으로 경험하고 있지만, 여전히 사람의 마음을 아는 건 어렵다. 하지만 앞으로도 이 어려움은 사라지면 안 될 것 같다.

쉬워지는 순간 오해는 또 반복될 테니.

말의 품격

▲
세
진

'친절한 말 한마디가 당신의 품격입니다.'

공중 화장실을 나오면서 본 광고 속 한 문장이다.

품격. 문득 정확한 뜻이 궁금해서 검색해보니 '사람 된 바탕과 타고난 성품, 그것에서 느껴지는 품위'라고 쓰여 있었다.

내가 뱉은 말엔 과연 얼마만큼의 품격이 있었을까. 친절한 말 한마디가 돈이 드는 것도 아니고 어마어마한 노력을 요구하는 것도 아닌데, 그동안 난 몇 번이나 그 친절한 한마디를 건네어봤을까. 혹시 날이 선 말들로 다른 사람의 마음을 상하게 한 적은 없었을까.

수려한 문장의 나열이 아닌 친절함과 배려가 담긴 말. 누군가와 자연스럽게 이런 대화를 한다면 이미 충분히 품격 있는 사람일 것이다. 품격도 결국엔 마음이다.

더 좋아질 내일을 기대하며

●
윤
주

친구와 길에 서서 오래 이야기를 나눴다. 각자의 안부는 꺼내지
도 못한 채 공통의 고민들과 걱정거리에 대해 말했다.
"더 잘되기 위해 이런 안 좋은 일도 생긴 걸 거야."
약속한 듯 알 수 없는 미래에 희망을 넣어 이야기했다. 어둡고 무
거운 생각을 마음에 오래 묵히는 건 나를 죽이는 가장 멍청한 일
이기에 생각이 많은 나도 이럴 땐 단순하게 믿어버린다.

그래, 좋은 일이 훨씬 더 많이 생길 거야.

마음이 질척거리는 진흙밭으로 변할 때면, 비가 그치고 단단한
바닥을 힘차게 걷는 모습을 떠올린다. 눈앞에 보이는 커다랗고
깊은 구덩이쯤 가볍게 뛰어오르길 기도하며, 우리는 서로의 등
을 토닥이고 헤어졌다.

네가 버텨낸 시간의 증인

▲
세
진

몇 년 만에 친구가 귀국을 했다. 오랜만에 만난 친구는 본 지 몇 해가 지났는데도 모든 게 똑같았다. 말투도, 외모도, 웃는 모습까지도. 그래서 다행이었고, 그래서 좋았다.

우리가 한창 어울리던 그 시절엔 수십 번 부딪히고 깨진 채로 쉼 없이 일하며 삶을 살아냈었는데, 친구는 예전보다 훨씬 안정되어 있었다.

내가 물었다.

"너 그때는 왜 그렇게 술을 마셨니?"

"응, 그땐 매일 취하지 않으면 버티기가 힘들었어. 잊어버려야 또 하루를 사니까."

눈물을 참느라 애를 먹었다. 그리고 친구가 누구보다 대견해 보였다. 길고 긴 터널에서 벗어나 지금은 누구보다 삶을 잘 이어가고 있으니.

잠깐 동안의 대화였지만 마음속으로 수도 없이 울고 웃었고, 아주 오래오래 위로가 되었다. 친구가 버텨낸 시간의 증인으로서 말해주고 싶다. 우리가 우리여서 참 다행이라고.

음악 듣기 좋은 밤

윤
주

좋은 음악은 때로 수많은 말보다 더 큰 위로가 된다. 가사가 없는 곡은 어디에도 풀어놓지 못했던 무거웠던 마음을 내려놓고 잠시라도 허리를 펴고 쉬어도 된다고 말을 건넨다.

힘들고 지칠 때면 손가락 하나 움직이고 싶지 않은 무기력함이 찾아온다. 그럴 때 먹으면 한결 괜찮아지는 약의 효능을 지닌 음악이 있어 얼마나 다행인지.

피아노 녹음을 하는 친구의 음악을 듣고 있다 보니 내 마음의 충전 스위치가 반짝 켜졌다. 어떤 하루를 보냈든, 나를 위로하기 위해 온 우주가 응원하고 있다고 믿으며 좋은 음악과 좋은 밤이 되기를. 그리고 당신의 마음에도 위로의 충전 스위치가 오래도록 켜지기를 기도해본다.

우울증 1위의 나라

▲
세
진

· 항상 피곤함이 느껴져 일상생활이 어렵다.

· 잠을 너무 많이 자거나 불면증이 있다.

· 갑자기 울음이 터져 나올 때가 있다.

· 도무지 무엇을 해나갈 엄두가 안 난다.

· 세상에 홀로 있는 듯한 외로움을 느낀다.

우울증 증상의 일부다.

코로나 팬데믹 이후 대한민국은 OECD 국가 중 우울증 유병률이 1위라고 한다. 발표된 통계만 보면 인구 세 명당 한 명이 우울증인 셈이다. 그보다 놀라운 건, 그럼에도 치료의 접근성이 다른 나라의 20분의 1로 세계에서 가장 저조하다는 사실이다.

다들 말없이 그렇게 조용히, 홀로 감내하고 있는 것이다. 우울한 건 스스로 해결해야만 하는, 온전한 내 몫이라는 듯이. 한편으론 그게 한국 정서에 맞는 거지, 이해가 되면서도 이대로는 안 되지 않나 싶은 생각이 동시에 든다.

혼자 해결하기 어렵다면 함께 문제를 풀어나가는 방법도 있다.

내가 손을 뻗는다면 기꺼이 도와줄 사람이 분명 있을 것이다.

하지만 그건 결국 내가 손을 먼저 내밀 때의 이야기다.

이해와 편견 사이

●
윤
주

버스 정류장에서 내린 한 남자가 저 멀리에 있는 누군가를 보며 반갑게 머리 위로 손을 흔든다. 활짝 웃고 있는 그의 표정을 보니 '연애 중인가? 좋을 때다' 싶다. 신호가 바뀌고 그 길을 따라 나도 천천히 가다 보니 반대편에서 누군가 활짝 웃으며 그에게 걸어온다. 머리가 희끗희끗한 엄마다.

왜 당연히 여자친구로 생각했던 건지. 혼자 생각만 했을 뿐인데도 얼굴이 붉어진다. 평소에도 얼마나 쉽게 단정 지으며 세상을 바라보고 있던 건지 부끄럽기까지 하다. 당연하다 생각했던 것들이 당연하지 않다는 걸 깨달았을 때, 얼음물로 세수한 듯 정신이 차려진다. 내 생각이 얼마나 좁은지 알게 되어서. 그리고 모든 것이 당연하지 않아 얼마나 다행인지 모르겠다.

홀로 온전할 수 없음을

▲
세
진

'빗방울은 홍수가 자기 탓이라고 생각하지 않는다.'

어떤 영화에서 나온 이야기다.

얼마 전 한반도에서도 열대과일 재배가 가능해졌다는 기사를 보았는데 한국산 망고를 먹는 날도 이제 머지않은 듯하다. 2080년이면 한국은 기온 상승으로 경지 면적의 60퍼센트 이상이 아열대 기후로 바뀐다고도 적혀 있었다. 세상 참 빠르게 돌아간단 격세지감보다도 훨씬 빠른 속도로, 기후 변화는 눈에 띄지 않게 조용히 일어나고 있다.

아마 나도 빗방울처럼 살았을 것이다. 편하다는 이유로, 가격이 싸다는 이유로 눈을 가려버린 시간 동안 우리의 환경은 고담시 뒷골목만큼이나 어두워졌다. 고담시는 배트맨이라도 지켜주지만 슬프게도 우리가 사는 세상엔 배트맨이 없다. 대신 우리 자신이 배트맨이 되어야 살아갈 수 있다. 이젠 기다리기 전에 우리가 할 수 있는 일들을 찾아야 할 때다. 홀로 온전할 수 없음을 생각하며.

우연 혹은 책임

▲
세
진

성냥은 한 번 켜지면 끝. 일단 불이 붙으면 다 탈 때까지 쭉 태워야 한다. 사람의 생애도 한 번 태어나면 그 끝이 언제일지 모르지만 살아보는 수밖에는 없다.

어느 책에서처럼 나는 내가 세상에 던져진 돌처럼 태어난 것 같다고도 생각했다. 신의 계획 속에 내가 있을까 궁금하기도 했다. 하지만 그보다 더 궁금한 건, 사람이 막을 수 있었던 죽음은 누구의 책임인가 하는 것이다.

다 꺼지고 난 성냥의 연기는 인간이 어디론가 보내는 영혼과 많이 닮아 보인다.

(이태원 참사를 생각하며.)

함께 하는 것의 힘을 믿으며

윤
주

내가 좋아하는 사람들이 빛을 잃어가는 모습을 보는 건 너무나도 힘든 일이다. 내가 할 수 있는 일이라곤 무거워하는 마음을 작은 힘으로나마 같이 들고 버텨주는 것. 그 힘이 얼마나 도움이 되겠냐마는, 내 마음이 그랬다.

그 사람들은 눈이 오면 골목길에 쌓인 눈을 치워줬고, 비가 올 땐 커다란 우산이 되어줬고, 봄이 오면 예쁜 꽃을 볼 수 있게 높은 곳으로 나를 데려다줬다. 그 따뜻하고 예쁜 마음은 그때그때 내게 필요한 곳에 닿아 나를 성장시켜줬다.

이제는 내가 그들이 힘겹게 들고 있는 걱정과 불안을 함께 번쩍 들어줄 수 있게 마음과 힘을 더 키워야겠다. 내가 지금 할 수 있는 일은 그것뿐일 테니.

마음의 안전거리

●
윤
주

처음 운전을 시작할 땐 좌회전 한 번에 지구 한 바퀴 돌 듯 커다 랗게 핸들을 꺾었고, 앞차와의 간격은 버스 한 대가 자유롭게 들 어올 정도여야 안전하다고 생각했다. 그러다 핸들이 손에 익으 면서 그 간격은 점점 좁아졌다. 이 정도 거리면 충분하다고 자만 하기 시작했다. 하지만 너무 가까이 다가가다가는 사고가 날 수 도 있다는 걸 늘 사고가 난 후에야 비로소 깨달았다.

우린 여전히 하루에도 몇 번씩 사람과의 거리감에 익숙지 않아 서 감정이 부딪치는 사고를 내고 만다. 사람과의 관계도 분명 안 전거리가 있을 텐데. 사람과의 그 안전거리는 대체 언제쯤 마음 에서 익숙해질 수 있으려나.

돈을 쓰는 이유

윤 주

마음이 비어 있을 때 돈을 쓰는 나를 발견한다.

꼭 해야 하는 일인데 아직 용기가 없어 시작을 하지 못할 때나 모든 게 준비됐는데 한 걸음도 움직이지 않는 한심한 나를 볼 때 나는 조금 더 한심하게 휴대폰을 열어 돈을 쓴다.

배부른데 배고픈 것 같아 음식을 주문하고, 장바구니에 오래 있던 물건들을 괜히 뒤적거려 당장 내게 필요한 이유를 만들어낸다.

이런 시간을 멈출 수 있는 법은 단 하나. 집 밖으로 나가는 것뿐.

밤늦게라도 산책을 시작하고 나면 조금 정신이 차려진다. 아무도 없는 깜깜한 한강을 걷다 보면 몸에 열이 오르고 금세 더워진다. 느슨했던 생각들에 다시 적당한 긴장감이 생기며 많은 걸 다짐하고 또 그만큼 많은 걸 마음에서 덜어낸다.

아직 늦지 않았으니, 이제라도 스스로를 가두고 있던 그곳에서 나와 함께 밖으로 나가자.

모두 고생했어요

단 한 가지 약속은 틀림없이 끝이 있다는 것.

수없이 불렀던 노랫말처럼 긴 레이스의 끝이 눈앞에 놓였다. 그
동안 쌓인 시간들이 나에게 어떤 결과를 가져다줄지 몰라도 떳
떳하고 부끄럽지 않은 마음, 그리고 무엇이든 겸허하게 받아들
일 수 있는 여유가 있다면 좋겠다.

세상이 끝난 것처럼 좌절할 것도, 인생의 숙제를 모두 끝낸 것처
럼 과시할 것도 없다. 그저 저마다 앞에 놓인 험한 산 하나를 넘
었을 뿐. 긴 마라톤을 함께한 모든 전우에게 박수를 보내고 싶다.

다시, 봄

●
윤
주

친구들과의 대화에는 딱히 어떤 조언이나 잔소리도 없지만, 얘기를 나눈 뒤에 내 앞을 막고 있던 커다란 고민이 작고 하찮은 돌멩이로 바뀌어 있을 때가 종종 있다. 혹은 생각지도 못했던 다른 길이 보일 때도 있고, 그 고민을 밟고 넘어설 수 있는 용기를 얻을 때도 있다. 무언가를 해결해주려는 마음보다 커다란 고민 앞에 서 있는 나를 먼저 발견해주는 마음이 내게 큰 힘을 주는 게 아닐까.

세상은 코로나 전의 모습으로 돌아가려는 듯 서서히 기지개를 켠다. 공연장에서는 함성과 환호성이 가능해지고, 야외에선 마스크를 벗기도 한다. 아직 모든 게 낯설어 서로의 눈치만 보고 있는 상황이라지만, 다시 활기찬 봄을 마주할 것 같아 설레기도 한다. 크고 무겁던 현실의 고민과 걱정들이 단번에 쉽게 사라질 순 없겠지만, 긴 시간 묵묵하고 성실하게 하루하루를 견뎌낸 이들의 몸과 마음을 따뜻한 봄날이 어루만져주길 바랄 뿐이다.

아무도 너의 슬픔에 관심 없대도

현재를 사는 것으로 답장을 대신하며

▲
세
진

무언가 소진되었다고 느낄 때, 그동안 내 안에 모아놨던 장작이 다 타버려서 땔감이 떨어졌을 때. 안타깝지만 내 상태를 인정해야 할 때다.

이럴 때 가끔 나는 예전에 썼던 글이나 일기들을 뒤적여본다. 그러다 운이 좋을 때면 마음에 들어와 박히는 말들을 발견한다.

'좋은 것에는 감사하고 나쁜 것은 지나가게 놔두며 충실하게 그 시간을 보내는 것.'

노트를 뒤지다가 몇 년 전의 나에게서 편지를 받은 듯하다.

좋은 날에 감사하든 나쁜 시절을 지나가게 놔두든 결국은 모두 충실하게 시간을 보내야만 한다는 이야기가 나에게 여린 희망을 준다. 좋은 날은 충만하게, 나쁜 날은 한 발짝 떨어져서 지나가게 두면 시간은 성실하게 나와 걸어주겠지.

바람에 흔들리는 모빌처럼

윤주

예전부터 행복한 시간을 보낼 때면 마음속 어딘가 깊은 곳은 자주 슬펐다. 언젠가 분명 끝이 있을 거란 생각 때문인지 문득문득 그런 마음이 들었다. 행복을 감정이 아닌 능력이라고 분류하는 사람도 있다. 연습하고 훈련하면 더 능숙하게 행복해질 수 있다는 점에서 하나의 능력이라고 여기는 것이다. 그렇다면 나는 행복 속에서 슬픔을 찾아내는 능력이 있나 보다.

열어둔 창문으로 바람이 들어와 모빌을 툭툭 건드린다. 바람에 흔들려 예쁜 소리가 난다. 흔들리는 모습이 싫다고 나를 꽉 붙잡고 있으면 들을 수 없는 소리. 기쁘면 웃고 화가 나면 화를 내고 슬프면 눈물 흘리는 당연한 감정들을 왜 그냥 지나쳐왔는지 이제 와 아쉽긴 하지만, 이 또한 내 모습이기에 탓하지 않고 잘하고 있다고 등 두드려줘야지.

그렇게 웃다 보면 바람에 흔들리는 모빌처럼
나도 가끔은 예쁜 소리가 날 수 있겠지.

다시 또 한 걸음

●
윤
주

뭔가를 시작하는 건 늘 즐겁다. 하지만 그보다 큰 걱정이 먼저 떠오르는 건 어쩔 수 없는 성격 탓이려나. 막상 시작을 하고 나면 내가 갖고 있는 두려움보다는 별것 아니었구나 싶은 일들이 생각보다 많았다. 개강을 한 첫날에도 그랬고 첫 공연 때도 그랬다. 머릿속으로 만들어내는 수많은 불안감 때문에 얼마 동안 잠을 설쳤지만 늘 그랬듯 시작하고 나면 한결 가벼워졌다.

마음은 현재에 있어야 행복하다는 말이 생각난다. 과거에 있으면 불행하고 미래에 있으면 불안하단다. 한 가지 확실한 건 불안해하든 밥만 잘 먹든 시작은 결국 찾아오고, 경험상 우리는 걱정했던 것보다 잘 해내고 만다. 그러니 미래의 불안까지 당겨서 앓을 게 아니라 미래의 나를 믿어보는 건 어떨까.

평정심

▲
세
진

어느 때든 평정심을 유지하기란 쉽지 않다. 꼭 대단한 일이 아니더라도 아무것도 아닌 포인트에서 마치 댐이 무너지듯 감정이 터져버릴 때도 있고, 며칠에 걸쳐 숨 막히는 압박감에 짓눌릴 때도 있다.

"괜찮아, 신경 쓰지 마."

다른 사람에겐 숨 쉬듯이 말하면서 왜 내게 적용하는 건 이리도 힘들까.

평정심을 유지하고 싶을 땐 마음속에 그릇 하나를 떠올리고 그 그릇에 물을 가득 채우라는 얘기를 들은 적이 있다. 어느 쪽으로도 기울지 말고 마음을 다잡으라는 얘기인 것 같은데, 머리론 이해되지만 정작 마음속 물결은 작은 바람에도 속절없이 일렁인다. 어쩌면 인생은 이 평정심의 간극을 줄여나가는 평생의 수련일지도.

바닥의 끝과 시작

● 윤주

이젠 더 이상 정말 모르겠다며 다 내팽개치고 바닥에 풀썩 주저 앉았을 때, 그제야 알게 되는 것들이 있다. 모든 걸 손에서 내려 놓았다고 해서 내 인생이 통째로 주저앉지는 않는다는 것. 그리 고 용기만 낸다면 바닥을 짚고 다시 일어설 수 있는 힘이 여전히 내게 있다는 것. 좌절의 끝까지 가지 않고는 겪지 못할 순간이다. 극과 극은 통한다고 했던가. 행복할 때 느꼈던 편안함이 풀썩 앉 았을 때도 찾아오는 걸 보면 완전히 나쁜 순간이란 없나 보다. 그 러니 이 또한 다시 시작할 수 있는 새로운 기회임을 알고 너무 슬 퍼하지 않기로 한다. 괜찮다. 다시 일어서면 된다.

매 일 새 로 운 나 라 는 걸

▲
세
진

사랑도, 일도, 그 무엇도 멋지게 해내지 못한 날, 어디선가 바람 불면 다 정리하고 훌쩍 떠나고 싶은 날이 있다. 매일매일 똑같이 살아가다 보니 내가 점점 사라져가는 기분. 어느 날 눈뜨고 뒤돌아보니 어쩌다 이렇게 된 게 나란다.

발끝에 걸리는 돌부리 하나 피하기 힘든 가파른 언덕길이지만, 다들 자기 앞에 놓인 길을 묵묵히 걷고 있겠지. 지구 위의 모든 날은 좋은 날이었다고 말한 헤밍웨이처럼, 언젠가 지금의 나를 돌아봤을 때 행복한 순간이었기를.

오늘도 나는 분명 예쁘고 소중한 나였다는 사실을 잊으면 안 된다. 매일 새로운 나라는 걸, 그리고 소중한 너라는 걸.

아무것도 하지 않는 김윤주

윤
주

누군가 말했다. 음악 하는 김윤주, 일하는 김윤주 외에 아무것도 하지 않는 김윤주를 찾으라고. 그래야 하고 싶은 일을 오래 할 수 있을 거라고. 15년이 넘도록 이렇게 살다 보니 아무것도 안 하는 김윤주는 우선순위에 밀려 어디론가 사라졌다.

누워 있는 나, 운동하는 나, 산책하는 나, 사진 찍는 나, 책 읽는 나……. 떠올려보면 행복함을 느끼게 해주는 일이 생각보다 많은데 왜 난 이 모든 것을 시간이 남으면 해야 할 일로만 치부하고 있었을까.

최근엔 두 살도 아닌데 여덟 시간 통잠을 잤다고 박수를 받았다. 모든 게 처음부터 다시 시작하는 기분이다. 천 번을 넘어지다 혼자 걷고 뛰기까지 하며 또 성장할 나의 모습을 상상해본다. 그 시간은 오래전에도 이번에도 역시나 성급하게 오지는 않을 테니 천천히 여유 있게, 그리고 즐겁게 기다리기를 거듭 마음먹어본다.

살다 보니 어른

▲
세
진

대체 오늘 뭘 했지 싶은 바보 같은 하루를 보낸 날. 정신없이 달려가는 시간 속에서 겁쟁이 같은 하루를 보내고 그나마 속 편한 방구석 의자에 앉아 멍하니 거울을 보며 와, 나도 이제 어른처럼 생겼네, 생각하곤 한숨을 쉬었다.

좋은 어른을 꿈꿨고, 여전히 좋은 어른이 되길 바라고 있지만 현실은 평범한 어른으로 사는 것도 녹록지가 않다. 젊은 날엔 젊음을 모르고 사랑할 땐 사랑이 보이지 않았다는 노랫말처럼, 어른이 되고 나니 어른이 뭔지 더 모르겠다. 어느 새벽 홀로 잠에서 깨어나보니 갑자기 어른이 되어버린 기분.

이렇게 낯설게 어른이 돼도 괜찮은 걸까? 햇빛을 받고 쑥쑥 자라는 식물들이 괜히 부러웠다.

익숙해지는 일

윤주

방문 앞에 짐을 한가득 쌓아놓고 며칠을 보냈다. 불편하지만 짐을 피해 다녔다. 처음 며칠은 채여 넘어지기도 했지만 시간이 지나니 피하는 게 익숙해졌다. 아무것도 없으면 없는 대로, 장애물이 있으면 있는 대로 크게 신경 쓰지 않고 내가 할 일을 자분자분 해나갔다.

마침내 짐을 정리한 밤, 비어 있는 방 앞을 습관처럼 빙 돌아 걸어갔다. 고작 며칠 짐을 쌓아둔 것뿐인데 당황스럽게도 그 불편함이 몸에 익었다. 살다 보면 애써 노력하지 않아도 당연한 듯이 금방 적응해버릴 때가 있다. 가끔은 나를 둘러싼 모든 일이 이렇게 쉬워졌으면 좋겠다.

거 짓 말

윤
주

완벽하지 않은 사람인데 완벽하려고 애를 쓰다 보니 체한다. 인
간관계가 내 맘 같지 않은 게 당연한데 모든 게 문제없는 것처럼
보이고 싶은 생각에 관계에 또 체한다. 쉽게 멈추지 못하고 현기
증과 울렁거림을 참다가 결국 크게 탈이 나고 만다. 소화가 안 될
걸 알면서도 공허함을 채우려고 이것저것 삼키려 했나 보다. 답
답한 명치를 두드리며 생각한다.
살아가며 가장 멍청한 행동은 언젠가 들통날 거짓말로 내 몸집
을 키우는 것이라고.

열여섯 소녀에게 나를 비추어본 날

▲
세
진

"내 기분이 무슨 상관인데요? 내가 어떻게 보이느냐가 중요하죠."

어느 청춘 드라마에서 열여섯 소녀가 선생님에게 하는 말이다. 자기 마음보다 남에게 어떻게 보일까를 더 생각하며 마음 졸이는 건 다 큰 어른도 별반 다를 게 없다. 오히려 점점 더 노련하게 남들이 만들어놓은 틀에 나를 맞추어 간다.

아마도 '……라면 ……해야 한다'라는 너무나 많은 제약에 갇혀 살기 때문이 아닐까. 그렇게 하루하루 지내다 보면 남들에게 어떻게 보이느냐에 집중한 나머지 내 안에 홀로 방치된 외로운 아이를 마주하게 된다. 내가 신경 써주지 않으면 아무도 그 아이를 돌봐주지 않을 거란 걸 가끔은 기억해주었으면 한다. 그 아이가 외롭다 못해 슬퍼지기 전에.

분명히 지나갈 어떤 시간 속에서

윤주

눈앞에 있는 일들이 너무 커서 어디서부터 손을 대야 할지 모르겠다. 잘하고 싶어 미룬다는 게 이런 느낌이려나. 뛰기 시작하면 꽤 오랜 시간을 멈추지 않아야 한다는 생각 때문인지 애먼 신발 끈 묶는 시간만 길어진다. 이미 충분히 신발이 벗겨지지 않을 만큼 꽉 묶었는데 어떤 게 준비가 안 됐다고 생각하는지 괜히 모든 게 다 신중하다. 차라리 게으른 거라면 그나마 나을지도 모르겠다는 생각까지 든다.

밤은 매일 깊어가고 잠은 매일 얕아진다. 책상 위에 인공눈물이 늘어나고 차에서 잠드는 시간이 많아진다. 머릿속이 시끄러울수록 조용한 곳에 들어가 진정이 될 때까지 기다려줘야 하는데 어찌 된 게 난 시끄럽고 복잡한 곳으로 나를 몰아세우곤 이겨내지 못한다며 자꾸 나에게 실망을 한다.

그냥 보고 싶은 사람

●
윤
주

누군가를 만나고는 싶은데 딱히 불러낼 사람이 없는 날이 있다. 이유 없이 "그냥 나와"라고 얘기하면 이유 없이 그냥 나와줄 사람. 너무 멀리 있어서, 시간이 늦어서, 딱히 이유가 없으니까, 다들 바쁘니까. 그냥 나오라고 하기엔 그냥 나올 수 없는 이유들이 수두룩했다.

불러낼 친구가 없다는 것, 싱거운 이유로 나를 불러내는 친구가 점점 사라진다는 사실이 조금 서운하다. 이런 게 나이 먹는 건가 싶은 생각도 든다. 언제 어디서 보자고 약속하지 않아도 우르르 몰려다니던 그때. 생각해보면 그날의 가장 중요한 일은 친구와 노는 것 하나였던 것 같은데.

이젠 모든 일을 끝내고 겨우 짬이 나면 그제야 생각나는 가장 마지막 순위가 된 것 같아 빠르게 흘러간 시간이 잠깐 야속했다.

내 이야기를 한다는 것

▲
세
진

가끔 음악 작업이 난감할 때가 있다. 내 이야기를 풀어내야 한다는 것. 음악 하는 사람에겐 필수적인 요소라 생각하면서도 아직까지 내 이야기를 한다는 게 쉽지만은 않다.

10여 년 전 대학교 졸업반이 될 때까지도 나는 가사 쓰는 법을 몰랐다. 답답한 시간을 보내며 고민에 고민을 거듭해도 내 가사들은 좀처럼 나아질 기미가 안 보였다.

그러던 중 우연히 본 어느 영화에서 주인공이 나와 같은 고민을 하는 장면을 보고 나서야 깨달았다.

'아, 나는 내 이야길 음악에 녹여본 적이 없구나.'

누군가에게 어느 정도의 진심이 닿길 바란다면 지금보다 훨씬 용기를 내서 손을 뻗어야 한다. 나를 얼마나 잘 풀어내서 얼마큼 보여주는지에 따라 음악도, 사람과의 관계도 더 짙어질 수 있다. 이 계절이 지나기 전에 더 짙어지는 우리가 되기를 바라며.

자연스러움의 부자연스러움

▲
세
진

어깨가 딱딱하게 굳었다. 스트레스를 받으면 어깨부터 굳는다던데 정말인 것 같다. 습관처럼 뻐근한 목을 이리저리 스트레칭하며 하루의 일과를 시작한다. 뭘 하든 힘을 빼고 긴장을 풀어야 제 실력이 나올 텐데 그게 마음처럼 쉽게 안 된다. 이쯤 되면 긴장을 풀 줄 아는 게 실력이 아닌가 싶다.

나이를 먹으면서 점점 확신이 드는 건, 자연스러움은 내공이 가장 깊어야 나오는 태도라는 것이다. 자연스러운 미소, 자연스러운 자세, 자연스러운 말투까지. 여유 있는 마음에서만 우러날 수 있는 가장 갖기 어려운 고상함이 아닐까.

아직은 자연스러움이 부자연스러운 나이지만, 언젠가는 나만의 자연스러움을 갖게 되기를 어깨를 쭉 펴보며 기도한다.

정류장을 벗어나지 못하는 사람

●
윤
주

무언가 시작하기가 두려워 가만히 있었다. 아마도 그랬던 것 같다. 시작해야 할 이유가 열 가지가 있어도 불안한 이유 한 가지가 마음에 걸려 자꾸 뒷걸음질을 쳤고, 아직 일어나지 않은 일들을 1부터 10까지 생각하느라 출발선에 서지 못했다. 가끔은 내가 정류장에 앉아 계속 다음 버스를 기다리는 사람 같다.

이 버스는 너무 빙빙 돌아가서, 저 버스는 사람이 너무 많아서, 버스에 오르면 영영 내리지 못할 것처럼 선뜻 나서지 못한다. 필요 없는 조심성만 늘어난다.

할아버지의 당부

▲
세
진

할아버지가 살아 계시는 동안 내게 늘 해주신 말씀이 있다.

"언제나 절제할 줄 알아야 한다. 더 하고 싶을 때, 더 놀고 싶을 때, 더 먹고 싶을 때, 그때 그만둘 줄 알아야 한다."

인이 박이게 들었지만 나이를 먹어서도 절제란 참 어렵고, 충동에 열 번을 져도 한 번 이기는 게 쉽지 않다. 이번 한 번은 괜찮겠지, 다음부터 지키면 되겠지, 대수롭지 않게 넘어간 작은 일들이 욕심에 굴복한 결과라고 생각하면 기분이 썩 좋지 않다.

비 오는 오후, 느지막이 일어나 할아버지를 생각했다. 할아버지도 절제하는 게 어려우셨을까? 그래서 매일 그 말씀을 하셨던 걸까? 어른이 되었지만 자연스레 따라오는 어른스러움이란 없는 듯하다. 축 처진 패잔병의 기분에 휩싸이고 나니 오늘따라 더 할아버지가 보고 싶어진다.

마음의 소리

윤
주

창문을 열어두니 빗소리가 들렸다. 젖은 차바퀴가 굴러가는 소리, 작은 빗방울이 한곳에 모여 큰 모양으로 떨어지는 소리, 바람이 불어 젖은 나뭇잎을 흔드는 소리. 바깥의 소리가 안으로 들어와 잔잔한 파동을 그린다.

늘 그렇다. 밖에서 들려오는 소리는 귀를 기울이지 않아도 잘 들린다. 우린 살아가면서 자신의 기분을 얼마나 들여다보고 귀 기울일까?

때마다 다양한 마음의 소리가 있을 텐데 외부의 소리들에 가려져 나의 감정을 돌보지 않는다. 인생이 나를 찾아가는 여정이라면 내 마음이 무슨 소리를 내고 있는지 시간을 내어 들어줄 때가 필요하다. 부디 우리 자신의 마음을 외롭게 두지 말자.

충실하게, 떳떳하게

▲
세
진

세상이 어찌 바뀔지, 어떻게 흘러갈지는 아무도 모른다. 아무리 예측하려고 애를 써도, 무언가 미리 계획하려 촉각을 곤두세워도 우리가 생각지도 못한 변수들은 늘 기회를 엿보고 있다.

한 치 앞도 모르는 인생에서 그나마 삶을 잘 사는 방법이 뭘까 생각하면, 그저 오늘 하루를 내 마음에 들게 충실하게 살아가는 것, 그뿐인 것 같다. 내일 무슨 일이 생긴다 할지라도 최소한 오늘 하루는 나 자신에게 떳떳하고 만족스러운 시간을 보내는 것.

어디서 백 번은 들어본 연설문 같아도 이 혼란한 세상 속에서 진정 잘 사는 사람들은 주어진 일상을 온전히 지켜나가는 사람이라는 게 점점 더 확실해진다. 그래서 나는 매일 똑같이 출근을 하고, 내가 할 수 있는 최선을 다하며, 되도록 많이 웃을 것이다. 후회 없이. 그 오늘이 매일 계속되길 바라며.

감성과 현실 사이

윤
주

내비게이션만 따라가면 되는데 뭐가 그리 헷갈리는지 나는 자주 길을 잘못 들어서곤 한다.

"잘못 들어섰으니까 이렇게 예쁜 풍경과 새들을 본 거야. 나쁘지 않아!"라고 말해보지만 나는 안다. 합리화라는 걸. 긍정의 힘으로 화를 꾹꾹 누르는 거다.

"매일 가는 길이 지겹다면 가끔은 돌아서 가보세요"라고 라디오에서 종종 말하곤 했지만, 사실 매일 가는 그 길이 가장 빠르고 간편하니 그곳으로 다녔으리라. 현실의 교통 체증은 감성을 이기고, 내가 원해서 돌아간 것이 아닐 경우 내가 돌아버리는 상황이 벌어질 수 있다.

테 니 스 레 슨

▲
세
진

"저 공이 제대로 된 공이 아니라면 치지 마세요. 실제 경기에서 저런 공을 치게 되면 기회는 날아가는 겁니다."

테니스 서브를 배우다가 코치가 내게 해준 말이다.

나는 운동을 싫어한다. 안 좋아하는 게 아니라 싫어한다. 몸에 땀이 나는 것도 싫고 숨이 차는 것도 싫다. 그럼에도 스포츠가 좋은 건 나의 몰랐던 습관을 알게 해준다는 거다.

레슨을 받으면서 나는 이상한 공도 별 판단 없이 그냥 치려고 한다는 걸 알았다. 타이밍 놓친 공을 치는 건 확률상 좋지 않은 결과를 가져온다는 걸 아는데도 몸이 먼저 움직여버린다든지, 좋은 서브 볼을 골라서 치려니까 긴장해서 공이 모조리 이상한 방향으로 간다든지 한다.

매번 나의 서투름만 발견하는 레슨이지만 계속하는 이유는 내 안 좋은 습관과 관성을 알게 돼서다. 나쁜 습관은 모르는 것보단 아는 게 낫다고 생각한다. 하다 보면 언젠가 좋은 공을 고르는 안목도 생기고 나쁜 습관들을 고치는 날도 오겠지.

내 가 더 미워지지 않게

윤
주

내가 싫어지는 날이 있었다. 하는 말도 하는 행동도 하는 생각도 모든 게 성에 차지 않았다.

그런 날도 있다며 가볍게 넘기고 싶지만 아무래도 내가 너무 별로인 날. 내가 싫은 날. 그런 날은 그냥, 그냥 어떠한 연유로도 없었으면 좋겠다고 생각했다. 스스로에 대한 믿음이 무너지고 실망이 찾아오면 작은 일에도 허둥지둥 헤매고 어느 것 하나 제대로 할 수 없게 된다. 그러니 우리는 이런 마음에 대비해 나를 잘 알아두어야 한다. 어떤 상황에서도 내가 더 미워지지 않기 위해, 내가 좋아하는 나의 모습을 반드시 기억해둬야 한다. 누군가의 눈과 누군가의 마음에 든 모습이 아니라, 내가 진짜 좋아하는 나의 모습을.

안도

▲
세
진

"그래서 별일은 없는 거죠?"

"네, 그렇습니다."

엄마의 건강검진이 끝나고 의사와 나눈 이야기다. 보호자와 함께 결과를 들어야 한다는 연락을 받고, 의연한 척했지만 덜컥 겁이 났다. 무슨 일이 있는 건 아닐까 내내 걱정스러웠다. 다행히 검사 결과는 나쁘지 않았고, 앞으로 약 잘 먹고 당분간 조심하라는 말을 듣고 병원 문을 나섰다.

검진을 받는 엄마를 기다리며, 이젠 나도 엄마도 나이를 많이 먹었다는 생각이 머리를 가득 채웠다. 나이 먹은 엄마와 나이를 먹어 엄마를 지켜줄 수 있는 딸. 당연한 일이지만 어느새 나도 어른노릇을 하고 그사이에 우리 엄마는 늙어버렸다. 시간 참 빠르다하고 넘어갈 만한 일들이 새삼 낯설게 느껴졌다. 별일 없다는 소식이 반가운 나이가 되어 있으니 말이다.

별일 없이 지나가는 하루. 긴 하루를 보내고 찾아오는 평화로운 밤이 그래서 내내 고맙다.

가장 소중한 것을 생각하며

● 윤주

내가 할 수 있는 게 아무것도 없다는 느낌이 들면 여지없이 생각이 멈춰버린다. 그리고 내 소임을 다하지 못한 것처럼 마음이 분주해진다.

살아 있는 동안 우리는 좋아하는 일, 하고 싶은 일, 하기 싫은 일, 이 모든 걸 편식하지 않고 하나씩 해나가겠지만 그중에서도 가장 중요한 건 반드시 해야 하는 일, 나만 할 수 있는 일을 찾는 것 아닐까.

기왕 시작한 일, 이왕이면 사람을 살리는 음악을 하고 싶다고 생각한 적이 있다. 누군가의 불안한 밤이 조금이나마 평안해질 수 있고, 모든 걸 포기하고 싶은 순간 손 잡아줄 수 있는 그런 음악이면 좋겠다고. 언젠가 그렇게 되면 좋겠다고 막연하게 생각했는데 요즘은 정말 그런 힘이 내게 있으면 좋겠다고 기도한다. 음악이 됐든 라디오에서 하는 시답잖은 농담이 됐든 그게 뭐든, 단한 명이라도 지금 이 순간 따뜻한 위로가 필요한 사람이 있다면 꼭 이 마음이 전달됐으면 좋겠다.

마음의 안부

●
윤
주

운동이 좀 잘된다 싶어 까불었더니 바로 허리 통증이 시작됐다. 선생님은 운동 중에 아주 미세하게라도 아프다 싶으면 바로 동작을 멈춰야 한다고 주의를 준다. 그렇게 한 동작이 끝날 때마다 허리는 괜찮으냐며 끊임없이 질문을 한다. 하지만 이 정도가 아픈 건지, 아니면 엄살인 건지 나조차 확신이 없어 우물쭈물거린다. 돌아오는 길, 문득 내 마음도 이렇게 끊임없이 물어보며 체크했더라면 마음이 많이 아플 일도 없고 묵은 스트레스를 털어내느라 시간을 낭비하지 않았을 텐데 하는 아쉬움이 남는다. 이 정도는 누구나 겪을 텐데, 라며 유난스러워 보이고 싶지 않아 참고 견디며 마음을 다잡던 시간들이 스스로에게 미안하다.

시간이 지나며 내 마음의 안부를 물어봐주는 이는 점점 줄어든다. 물어본다 해도 나와 같은 무게로 걱정해주기를 바라기는 어렵다. 그러니 하루의 끝에 꼭 한 번씩은 스스로에게 물어보길 바란다. 오늘 너의 마음은 괜찮았냐고.

오랜 안녕을 위해

▲
세
진

당장의 잠, 한 편의 드라마, 한 입의 음식, 한 잔의 술, 한 대의 담배, 한 번의 거짓말. 지금 당장 참기 어려워 넘어가는 유혹들이 있다. 그것들은 이번에만 한 번, 단 한 번만 해보라고 속삭인다. 그럼 마음은 못 이기는 척 '오늘은 ……한 날이니까' 합리화하며 유혹에 굴복하고, 얼마 뒤 '의지박약'이라는 타이틀을 제 얼굴에 붙이며 더는 갈 곳이 없다는 느낌에 압도된다.

지금 나에게 좋게 느껴진다고 해서 다 좋은 것이 아니고, 당장 괴롭다고 해서 다 나쁜 것도 아니다. 결국 선택은 개인의 몫이지만, 한 번 더 생각해보고 결정한다면 그 순간에만 반짝 좋을 위기를 피할 수 있지 않을까.

뜨겁게 자라고 깊이 익어가길

▲
세
진

한여름 찌는 듯한 더위에도 그나마 위로를 받는 게 있다. 제철 맞은 복숭아가 정말 달고 맛있다는 것. 꼭 복숭아가 아니어도 제철 과일, 채소들은 붉은색은 더 발갛게, 초록색은 더 푸르게 익어 사람들의 눈길을 끈다. '나 탐스럽게 잘 익었어요. 지금 먹어야 건강에도 좋답니다!' 하고 뽐내는 것 같다.

이글대는 햇빛 속에서도 자연은 더 당도 높은 열매로, 푸르른 이파리로 보답하고, 폭풍우에는 적당한 유연성으로 부러지지 않고 삶을 이어나간다. 어리석고 연약한 인간인 나는, 씩씩하게 털고 일어나는 일이 그리 쉽지 않다는 걸 맛있게 익은 복숭아 한 입을 베어 물고 나서야 깨닫는다. 복숭아 한 알로 뭐 이렇게 진지할 일인가 싶지만, 한 알을 다 먹는 동안 진심으로 생각했다. 나도 복숭아를 닮으면 좋겠다고. 번뇌의 깊이만큼이나 더욱 달큰하고 꽉 찬 사람이 된다면 좋겠다고.

징크스

윤
주

손톱이 조금만 길어도 하루 종일 신경이 쓰이는데 바쁘게 시간
을 보냈다는 걸 방증하듯 손톱이 많이 자라 있다.

내게 징크스가 있다면 중요한 일을 앞두고 손톱을 바짝 자른다
는 것. 행여 그러지 못한다 해도 중요한 일이나 공연을 망치는 일
은 일어나지 않는다. 단지 일이 끝나는 그 순간까지 긴장감과 불
안감이 남아 있을 뿐.

으레 그렇게 될 수밖에 없는 악운으로 여겨지는 징크스라는 게
모두에게 하나씩은 있을 테지만 거기에 얽매이기 시작하면 끝도
없다.

'하필 왜 오늘', '하필 왜 이 시간에', '하필 왜 저 사람이'라는 생각
은 쉽게 넘어갈 수 있는 일조차 불안하고 불길한 마음으로 바라
보게 한다. 아무리 좋은 일이 생겨도 믿지 못하고 오히려 다가올
불운한 일들을 기다리게 되는 경우까지 생긴다. 그래서 기어이
안 좋은 일들을 맞이하고 나서야 마음이 편해지기도 한다.

하루에도 수십 번 좋은 일들과 나쁜 일들이 엉켜 하루가 완성된
다. 좋은 일만 가득한 날도, 안 좋은 일만 가득한 날도 결국 없다

는 말이다. 그러니 부디 오늘보다 더 나은 내일이 오기를 기도하고 그럴 수도 있지, 위로하며 힘들었던 오늘을 넘길 수 있기를. 그게 지금 이 시간 우리가 할 수 있는 최선의 일일 테니.

고치지 않아도 괜찮아

세
진

"내가 성격이 급해서 손해를 많이 봐."

어떤 배우가 한 말이다.

이 말을 들었을 때 여러 가지 생각이 들었는데, 그중 하나는 '나도 그런데'라는 공감이었고 다른 하나는 놀라움이었다. 그걸 문제점으로 생각하지 않고 그저 약간의 손해로 생각한다는 것. 자기 자신을 있는 그대로 받아들이고 너무나 쿨하게 인정하는 모습이 박수를 쳐주고 싶을 만큼 멋져 보였다.

가끔 나 자신이 싫어지고 기분이 한없이 가라앉는 이유는 내 모습을 있는 그대로 포용하지 못하기 때문이 아닐까. 버려야 할 습관, 고쳐야 할 성격, 갖춰야 하는 능력……. 이 모두를 바꾸고 없애는 쪽으로만 생각하다 보면 나는 한없이 작아지기만 한다.

나의 수많은 문제점을 잡아내고 괴로워하기보다는, 그냥 조금 손해 본다 생각하고 마음 편히 살 수 있다면 그 편이 훨씬 현명한 일 아닐까 싶다. 나도 이제 그녀처럼 조금 손해 보면서 마음 편히 살아봐야겠다.

♪ ▶ **One Step Ahead** | Cecile McLorin Salvant | 102

거절 포비아

●
윤
주

거절을 잘하는 사람일수록 대인관계가 좋다. 그들은 상대가 중요한 사람일수록 더 확실하게 거절하는데, 그 이유는 거절하는 것도 부탁의 일종이라는 사실을 알기 때문이다. 정신의학자 사이토 시게타의 말이다.

하지만 나는 여전히 거절이 어렵다. 통화 거절 버튼을 누를 때도 손가락이 찝찝하고 길에서 나눠주는 전단지조차 뿌리치지 못하겠다. 슈테판 츠바이크의 소설 『초조한 마음』을 보면 이 세상에 나쁜 일이 일어나는 건 사악함이나 잔인함 때문이 아니라 나약함 때문이라고 한다. 내 마음이 조금 더 강했더라면 많은 게 달라졌을까. 해결하지 못한 일들이 아직 쌓여 있는데, 거절하지 못한 일들까지 책상 한편에 높게 자리를 잡았다. 해결할 능력도, 거절할 능력도 내게는 없나 보다. 거절하고 싶은 일은 산더미처럼 쌓이고, 산더미처럼 쌓인 걱정은 나를 늙게 한다.

어떤 꿈

● 윤주

'혹시 우리를 기다리셨나?'

검은색 머리로 염색을 하고 머리를 곱게 빗어 넘긴 할아버지가 정갈한 모습으로 소파에 앉아 계신다.

거실에서 한참 이런저런 이야기도 나누고 식사도 했다. 이렇게 기분이 좋으신 걸 보니 덩달아 기분이 좋다. 자주 놀러 와야겠다는 다짐을 하다가 '아, 이젠 더 이상 올 수가 없구나' 하는 생각과 동시에 잠에서 깼다. 한참을 누워 있어도 다시 잠이 오지 않았다. 한 사람의 길었던 인생이 점점 희미해진다는 걸 알고 있었는데도 나는 왜 더 자주 찾아뵙지 못했을까. 이해해줄 거라 믿었고, 실제로 이해받았다고 생각하니 그리움과 미안함이 뒤섞인다.

기분 좋아 보였던 그 얼굴이 자꾸만 목에 걸린다. 보고 나니 더 그리운 사람. 멍하니 앉아 한참 동안 보고 싶은 할아버지를 생각했다.

힘 든 하 루 의 좋 은 점

▲
세
진

"힘든 건 좋은 거야. 왜냐하면 변화가 생기잖아."

며칠 전 친구와 대화하다가 나온 이야기다. 운동만 해도 할 땐 너무 힘들고 싫지만 힘든 만큼 좋은 변화가 생기더라고 친구는 말했다. 일을 할 때도 자기 능력치보다 조금 더 어려운 임무를 맡았을 때 능력이 훨씬 향상된다고.

구구절절 맞는 말이다. 생각해보면 나는 힘든 걸 견뎌낼 때 '고통스럽다'는 것에만 생각의 초점이 맞춰져 있었지, '변화가 생긴다'는 것엔 그다지 신경 쓰지 않았던 것 같다. 생각의 전환이라는 게 바로 이런 거구나.

언젠가 힘들다는 응석이 단전에서부터 올라올 때, 이날의 대화를 떠올리기로 했다. 스트레스에 완전히 굴복당한 밤이라면 잠들기 전 이렇게 주문을 외워보자.

좋은 변화가 많이 일어난 하루였다!

바람과 책임

잔잔한 호수에 돌을 던진다. 파동이 저 멀리까지 퍼져나간다. 마음이 잔잔할 때는 돌을 던져 움직임을 만들고 싶고 너무 많은 파도가 일렁이면 나는 또 불안해진다. 견디기 벅찬 풍파 속에서는 이제부턴 제발 안온하게 지내게 해달라고 기도하고, 고요하고 정적인 곳에서 무료해지면 나에게 새로운 무언가가 던져지길 바란다.

이 두 감정 속에서 늘 혼란과 변덕을 오가는 연약한 사람, 그게 바로 나다. 하지만 삶의 파도 한가운데에서 정신을 붙잡고 노를 젓고 바람도 방향도 나침반도 없는 망망대해 속에서 길을 찾아야 하는 이도 나, 나무 이파리가 떨어지기 전까지는 미동조차 없는 풀장 속에서 물살을 일으켜야 하는 것도 나다.

작은 물결을 일으키는 것도, 거친 풍랑을 헤쳐 나와야 하는 것도 결국은 나인 것이다. 내 손끝에서 시작되는 작은 물살을 가볍게 보지 말아야 할 까닭이다.

꽃 한 송이가 떠나던 날

윤
주

가시에 손을 찔린 적이 있다. 눈에 보이지 않을 정도로 작았지만 그 가시를 빼내기 전까지 그 고통은 나 혼자만 알았다. 스치는 옷자락에도 아팠고 흐르는 물에도 아팠다. "괜찮아 보이는데 꾀병 아니야?"라는 말에도 아팠다. 다른 사람 눈에 보이지 않는다고 안 아픈 건 아닌데 말이다.

손끝의 가시는 언젠가 빠져서 아물면 잊히겠지만 마음에 꽂힌 가시는 두고두고 아프다. 그 고통도 나 혼자만 안다.

꽉 막힌 도로 위에 온종일 멈춰 있는 것처럼, 낮에 먹은 알약이 목에 걸려 아무리 물을 마셔도 내려가지 않는 것처럼 내내 답답한 밤, 혼자서 아파하다 조용히 떠나보냈을 마음들을 생각했다.

고통의 경험치

▲
세
진

힘든 일을 다루는 것만큼 경험치가 중요한 일이 있을까. 당장 내가 겪고 있는 일이 제일 힘들고 안타까운 일 같아도, 또 다른 더 힘든 일이 생기면 그 전의 일은 별것 아닌 가벼운 일이 되기도 한다. 우린 뭔가를 잃고 나면 그것의 소중함을 깨닫고, 상황이 더 안 좋아져야 그때가 견딜 만한 때였음을 깨닫는다. 그리고 반대로, 큰일을 치르고 나면 웬만한 것들은 견뎌낼 맷집이 생긴다.

그래서 힘든 일의 경험치는 곧 내 마음의 내공을 키우는 일이기도 하다. 정신 승리를 하자는 말은 아니다. 하지만 캄캄한 터널을 지나고 나면 분명 나의 그릇도, 조심성도, 감사할 기회도 전보다 많아진다는 것을 말해주고 싶다. 홀로 터널을 지나고 있을 누군가에게, 그리고 나에게도 다시 한 번.

고민의 그림자들

윤주

고민이나 걱정거리들은 무게가 있어서 늘 머리에서 시작해 점점 내려간다. 머리에서 입으로, 입에서 허리로, 무릎으로 내려간다. 그래서일까. 생각이 많을수록 발걸음도 무거워진다.

고민이 많은 사람들의 뒷모습이 다 비슷한 이유도 발에 엉겨붙은 고민과 걱정들을 바라보느라 고개가 숙여진 게 아닐까.

발끝에서 더 이상 내려갈 곳 없는 고민들은 그림자처럼 길게 늘어져 나를 따라온다.

오늘은 집에 들어가 발꿈치까지 내려와 엉겨붙은 생각들을 양말과 같이 벗어버리고 따뜻한 물로 샤워를 해야겠다.

말의 필요

● 윤주

책을 봐도 영화를 봐도 노래를 들어도 지하철을 기다리며 스크린도어를 봐도 세상에는 좋은 말, 위로 되는 말, 용기를 주는 말이 참 많기도 하다. 우연히라도 그런 말들을 보게 될 때면 이런 뻔한 말이 정말 위로가 될까, 하는 생각이 늘 맴돌았다.

얼마 전, 길을 지나다 우연히 시 하나를 보게 됐다.

할 수 있는 한 최선을 다하라.
당신이 할 수 있는 모든 수단과
당신이 할 수 있는 모든 방법으로
당신이 할 수 있는 모든 장소에서
당신이 할 수 있는 모든 시간에
당신이 할 수 있는 모든 사람에게
당신이 할 수 있는 한 오래오래.

– 존 웨슬리, 「할 수 있는 한」

뻔하다, 뻔하지 않다의 문제가 아니다. 마치 테트리스 게임처럼 내 마음의 빈 곳에 글귀가 들어와 다른 모양의 상처들로부터 나를 지켜주는 역할. 그거였다.

혼잡한 마음

▲
세
진

무언가를 채우고 싶어 하는 마음을 들여다보면 이미 쓸데없는 생각들로 가득 차 있다. 마치 잔짐들이 방 안에 가득 차서 정말 필요한 가구들은 방에 두지 못하는 것처럼.

더 이상 비집고 들어갈 틈도 없이 자잘한 고민들과 의미 없는 걱정이 차지하고 있는 내 마음속엔 정작 중요한 생각들은 빠져 있다. 그럼에도 "지금 뭔가 부족한 것 같은데 그게 뭔지를 모르겠어"라며 또 하나의 걱정거리를 늘린다.

정리가 안 되는 머릿속을 구석구석 청소하듯 비워야겠다. 자리를 마련하고 필요한 곳곳에 들어맞는 이야기들을 채우고 싶다. 있어야 할 자리에 꼭 맞는 가구들이 있는 것처럼.

비워야 비로소 채울 수 있음에.

무엇과도 헤어지지 않은 어떤 날에

●
윤
주

옛 동네를 잠시 들렀다. 새로 생긴 높은 건물들 사이에 오래된 나의 옛날 집. 처음엔 반짝반짝 새것이었던 아파트가 어느덧 동네에서 가장 낮은 건물이 되어 있었다. 집에서 5분 거리에 있던 중학교, 학교 끝나고 친구랑 떡볶이 먹으러 가는 길에 늘 지나다니던 육교, 자전거 타고 자주 놀러 가던 공원까지 모두 그대로다.

누구에게나 다시 만나지 못할 사람, 다시 돌아갈 수 없는 시간, 다시 가지 못할 곳에 대한 그리움이 있다. 그래서 더 아름답고 좋은 기억으로 미화되기도 하며, 닿지 못하는 그리움이 마음속에 하나둘씩 쌓여간다.

언제든 잠시 찾아가 바라만 보고 와도 쉼이 되는 이곳이 오래도록 변하지 않고 그대로 있어주기를 바랄 뿐이다.

불협화음도 음악이니까

"갈등과 즐거움이 함께 있고 조화와 부조화가 공존하는 것. 그게 삶이에요. 벗어날 수 없어요. 음악에도 화음과 불협화음이 있지요. 불협화음이 없다면 어떨까요? 화음의 아름다움을 모르게 되겠죠. 불협화음 후에 들리는 화음은 더욱 아름답게 느껴진답니다."
– 영화 〈뉴욕 소네트〉 중에서

피아노 연주자이자 존경받는 선생님이기도 한 주인공 세이모어의 이야기다. 그는 한 인간이자 예술인으로 살아가며 얻은 깨달음을 깊은 통찰로 전한다. 그중 화음과 불협화음에 대한 이야기는 우리 인생과도 꼭 닮아 있다고 생각했다.

악장 하나가 한 사람의 인생이라 쳐보자. 그 안의 화음과 불협화음, 쉼표와 도돌이표 모두 큰 이야기를 만들기 위한 구성이라 생각한다면, 살면서 겪는 즐거움, 슬픔, 좌절, 이유 없는 쉼까지도 나의 이야기를 이루는 과정이 될 것이다.
그렇게 생각하니 마음이 조금 나아졌다. 지금 내 인생에 끼어 있는 불협화음 같은 문제들은 어쩌면 곧 다가올 찬란한 화음을 위한 숨겨진 장치일지도 모른다.

명과 암이 함께 이뤄가는 삶을 두려워하지 않는 내가 되기를 바란다.

작은 기쁨과 친해질 것

윤주

거실 창문을 열어두고 가만히 앉아 있는데 1층의 빗질 소리가 10층이 넘는 우리 집까지 선명하게 들려왔다. 멀리 있어도 깨끗해지는 소리 덕분에 기분이 좋아진다.

마음이 복잡할 땐 조용한 곳에 찾아가 작은 소리에 귀를 기울이다 보면 한결 나아진다. 바람 소리, 새소리, 멀리서 들려오는 사람들의 대화 소리와 아이들의 웃음소리. 늘 우리 곁에서 들리던 소리이지만, 자극적인 소리와 그 순간 더 중요하다고 생각하는 것들에 가려 잘 들리지 않았고 들으려 노력하지도 않았던 것 같다.

이런 작은 소리, 작은 감사, 작은 성취, 작은 기쁨이 모여 나의 마음을 건강하게 만들어준다고 생각하면 어떤 것도 작다고 무시하고 넘어갈 수가 없다. 작고 작은 하루하루가 켜켜이 쌓이면 언젠가 내 마음도 풍성해질 수 있겠지.

시간이 빚어갈 내 모습을 그리며

●
윤
주

나이를 한 살 한 살 먹으면서, 내가 싫어하는 사람의 모습과 좋아하는 모습이 어느 정도 구체화되었다. 누구나 싫어할 수밖에 없고 누구나 좋아할 수밖에 없는 이유가 대부분이긴 하지만.

내가 싫어하는 사람의 행동이나 말투 속에 내 모습은 없는지, 내가 되고 싶고 닮고 싶은 사람의 모습 속에선 나와 조금이라도 비슷한 모습은 없는지 가끔 떠올려본다.

인간이란 한없이 약해서 늘 좋을 수가 없다. 그래서 어느 누구를 만나든, 어떤 상황을 만나든 쉽게 흔들리지 않게 나의 태도를 잘 지켜내려 한다.

잘 큰 어른

"잘 컸다"라는 칭찬이 언젠가부터 그 사람의 주위 사람들을 칭찬하는 것처럼 들린다. '한 아이를 키우려면 온 마을이 필요하다'는 말이 있는데, 생각해보면 아이뿐 아니라 어른도 크게 다르지 않은 것 같다. 내가 열심히 일할 수 있고, 어딘가에 도움을 줄 수 있고, 때론 누군가에게 기댈 어깨를 내어줄 수 있는 온전한 한 사람이 되기 위해서는 많은 이의 배려와 애정이 필요하다는 사실을 이젠 알 것 같다.

잔잔한 호수에 돌을 던지면 물결이 사방으로 퍼져나가는데 이건 물이 밀려나가서 움직이는 것이 아니라 단지 힘이 다른 곳으로 전달되는 것이라고 한다. 우리가 서로에게 주는 영향력도 아마 이런 모양이 아닐까. 수많은 물결이 나를 성장하게 했고 지금도 많은 이의 힘이 내게 닿고 있다. 인생에 비바람이 몰아치는 날 누군가가 우산을 씌워준 기억을 잊지 않기만 한다면 우린 모두 잘 큰 어른이 될 수 있다.

그럼에도 불구하고 즐거움을 잃지 않고

'고난이 많았기에 즐거운 이야기를 쓴다.'

영화 〈작은 아씨들〉 첫 장면에 나오는 루이자 메이 올컷의 글귀다. 보통 인생에 고난이 많으면 지겹도록 그 얘기만 반복할 법도 한데. 이 글귀를 보며 나는 내 삶의 고난을 어떤 이야기로 써 내려갔나 생각했다. 있는 그대로 적나라하게 쓴 날도 있었고 힘든 상황에도 그나마 아름답게 승화한 날도 있었다. 내 나름의 위안을 어떤 날은 세차게, 어떤 날은 부드럽게 기록해갔다.

루이자 메이 올컷의 글귀를 보고 나니 이젠 즐거운 이야기를 더 많이 쓰고 싶단 마음이 강렬해진다. 넘어지면 넘어진 대로 흙탕물 옆 길가에 핀 민들레를 발견할 수 있는 내가 되길 바란다.

먼 미래의 나를 위해

캄캄한 밤, 불빛에 반짝이는 강물을 보며 생각했다.

'난 정말 뭘 하고 싶지?'

오늘, 지금, 당장 내가 하고 싶은 걸 하는 것도 중요하지만 언제 부터인가 조금 먼 미래도 함께 생각하게 된다. 나보다 좀 더 먼저 인생을 살았던 언니, 오빠들의 뼈아픈 조언을 들어서인지 생각은 점점 많아진다.

지금 내가 있는 자리에서는 현재와 미래 모두를 알 수 없으니 마음에는 불안이 자리한다. 하지만 일어나지 않은 일들이 주는 설렘과 에너지가 얼마나 큰지도 우리는 안다.

걱정과 불안함의 덩치를 부풀려 그 너머의 것을 보지 못하는 멍청한 짓을 더는 되풀이하지 않기를 바랄 뿐이다. 먼 미래의 내가 너무 지쳐 있지 않도록, 생각은 생각대로 하되 움직임은 멈추지 말아야지.

멋진 하루

▲
세
진

멋진 하루란 뭘까? 어떤 날은 하루 종일 아무것도 안 해도 세상 완벽한 날이라는 생각이 들고, 때론 아침부터 빠듯한 일정들을 하나둘 해치워가며 뿌듯함 속에서 잠드는 날이라고 느낄 수도 있다. 아니면 정말 멋진 이벤트가 생긴 특별한 하루이거나.

하루의 모양새는 그날그날 다르다. 똑같은 모양의 하루는 단 하루도 없을 것이다. 그 여러 가지 모양의 하루 끝에 내가 어떤 마음으로 잠에 들지를 결정하는 것만으로도 멋진 하루를 완성하는 퍼즐이 될 수 있을 거란 작은 바람도 가져본다. 찌그러진 동그라미로 그려진 하루 속에서도 나만의 멋진 하루를 완성하는 퍼즐을 끼워봐야지.

Track 3

♪ ▶

사랑이 죽지 않게

몇 번의 겨울이 남았든

윤
주

앞으로 난 사랑하는 사람들과 몇 번의 겨울을 더 보낼 수 있을
까?

빠르게 스쳐가는 모든 것이 아쉽다.
눈이 소담스럽게 쌓였다고 사진을 보내고, 올해는 작년보다 덜
춥다는 별스럽지 않은 대화가 오가는 일상이 문득 애틋해졌다.
빈 가지 흔드는 찬바람에 추억이 후드득 쏟아지고, 조용히 내리
는 싸락눈에도 슬퍼질라 치면, 그저 이런 울렁거리는 시간이 또
찾아왔나 보다 생각한다. 쓸데없는 고민이라며 잘 접어 보이지
않는 곳에 넣어두고 싶지만 쉽지가 않다. 몇 번이고 접었다가 또
몇 번이고 다시 펼친다.
몇 번의 겨울이 남았는지 알 순 없지만 그 시간 동안 아낌없이 마
음을 표현하고 후회 없이 사랑하고 싶다.
마음은 절대 미루지 말자.

알 수 없어 멋진 길

▲
세
진

나쁜 일이든, 좋은 일이든 내 의지와 상관없이 점점 나아질 때가 있다. 나랑 상관없다고 생각했던 세상에 나도 모르게 이미 영향을 받고 있는 것처럼.

언젠가 혼자 떠난 여행에서였다. 하루는 목적지에 빨리 도착하려고 지도 앱으로 최단거리를 검색했다가 무지막지한 오르막길을 오르느라 힘을 뺐고, 하루는 유유자적 빙 둘러 걷다 우연히 발견한 카페에서 '인생 커피'를 맛보았다. 잘못 들어선 줄 알았던 길에서 꽃밭을 만나는 게 바로 인생이 아닐까.

좋아 보이는 것도 가짜일 때가 있고, 별로라 여겼던 게 지나고 보면 진짜였구나 싶은 것. 인생을 계속하는 재미다.

물, 햇빛, 바람 그리고

●
윤
주

집에 있는 나무가 겨우내 이파리를 다 떨구더니 죽은 듯이 성장을 멈췄다. 잔가지를 정리하고 앙상해진 나무를 보니 방금 머리를 밀고 온 사람처럼 말갛다. 말 못 하는 네가 얼마나 답답했을까, 미안해하는 내게 말간 얼굴로 괜찮다고, 이제 봄이 오지 않았느냐고 얘기해주는 것만 같았다.

아침부터 분주하게 선풍기를 켜고 분무기로 물도 주면서 나무를 돌보았다. 집 안 어디에 있든 내 시선은 그 아이에게 닿았다. 물과 햇빛과 바람. 나무가 필요로 하는 건 고작 세 가지인데 이걸 충족시켜주지 못했다니.

사람이 잘 자라려면 그보다 훨씬 많은 것이 필요하다. 별일 없이 잘 자라온 걸 보니 나를 둘러싼 모든 것이 나의 성장을 힘껏 도와줬겠단 생각이 든다.

이파리가 나고 푸릇푸릇한 원래의 모습으로 돌아올 때까지, 내가 받은 사랑을 죽은 듯이 멈춘 나무에 흘려보내야겠다고 다짐했다.

속 좋은 사람

"우리 앞집 나무가 예뻐서 참 좋아."

"넌 성격도 좋다, 남의 집 나무 보고서도 좋아하고."

앞집 정원에 있는 나무 얘기를 하며 친구와 나눈 대화다. 친구의 한마디에 '그 정원이 내 것이 아니라 슬펐어야 했나?' 잠깐 생각했다가, 그럼 세상에 슬퍼할 일이 한도 끝도 없겠다 싶었다. 그리고 동시에, 나무를 갖고 싶단 생각이 아닌 나무가 예쁘다는 생각이 먼저 들어서 다행이다 싶었다.

이런 내게 누군가 "참 속도 좋으시네요"라고 얘기한다면 웃으며 대답해야지.

"네, 저 속 좋은 사람 맞습니다."

작은 마음이 큰 마음이 되는 순간

▲
세
진

누군가를 위해 아주 멀리까지 간다는 건 시간과 경비와 에너지 그리고 애정까지, 모든 박자가 맞아야 가능하다. 그저 보고 싶다는 이유 하나만으로 모든 불편함을 잊어버릴 수 있을 만큼의 설렘과 사랑으로, 오직 그 사람 하나를 생각하며 기운을 내고 가는 것이다. 그러곤 짧은 만남과 긴 아쉬움으로 다음을 기약하며 헤어진다.

그저 보고 싶다는 단 하나의 작은 마음으로 이루어진 만남은 이제 더 이상 작지 않다. 작은 마음이 큰 마음이 되는 순간이다.

사랑은 서로의 공을 잘 주고받는 일

윤주

결혼을 생각 중이라며 동생이 이야기를 꺼냈다. 한참 우리 둘의 이야기를 듣던 멋진 모자를 쓰신 대리기사님이 말씀하셨다. 당신은 결혼한 지 38년 8개월 정도가 됐다며, 결혼이든 연애든 가장 중요한 건 '서로 잘 주고받는 것'이라고.

상대방이 공을 잘 받을 수 있게 던져주는 것, 그리고 상대방의 공을 최대한 잘 받으려 노력하는 것. 아무 곳에나 던져주고 못 받았다고 상대를 탓하지 않아야 한다고.

생각의 틈이 생길 때마다 기사님의 말을 곱씹었다. 모든 관계가 그렇다. 다른 아홉 가지보다 같은 한 가지의 무게가 더 중요하지만, 우리는 늘 다른 아홉 가지를 생각하느라 지치고 만다. 그리고 내 손을 떠난 공들을 떠올린다. 공을 받지 못한 상대보다 공을 던진 나를 돌아봐야겠다고 귀한 말들을 천천히 소화시켜본다.

어떤 통화

● 윤주

약속한 날짜가 지났는데 친구에게서 연락이 오지 않았다. 일은 잘 해결되었는지 연락을 해봐야 하나 고민이 됐다.

애기를 듣던 엄마가 말했다.

"약속한 날짜가 지나게 된 이유를 애기하다 보면 거짓말을 하게 될 수도 있어. 죄짓게 하지 마. 그냥 기다려줘. 기다리다 연락이 안 되면 그러려니 해. 뭔가를 빌려줄 때는 받을 생각을 하지 말고 준다고 생각해야 돼. 그래서 애초에 신중하게 해야 하는 거야."

엄마의 말은 끌과 망치 같다. 내 걱정을 다듬고 고쳐서 적당한 무게로 바꾸어놓는다. 내내 신경 쓰이던 마음이 단박에 수그러들었다. 고민들이 또 거대한 덩어리가 되어 내 마음을 짓누를 때 엄마와 한참 통화할 것만 같다.

아직도 모르는 것들이 너무 많고 배워야 할 것들이 참 많다.

그렇게 효율적으로 살지 마

"그렇게 효율적으로 살지 마."

만나기로 약속한 곳에 먼저 나와 있던 친구가 마중을 나오겠다는 걸 말렸더니 나에게 해준 말이었다.

머리를 댕- 하고 울리는 그 말을 듣고는 삶을 늘 효율적으로 살 필요는 없겠구나, 생각했다. 비효율적이지만 무엇보다 아름다운 낭만이라는 것도 있고 세상 멋진 고독이란 것도 있지 않은가.

특히나 사람 사이의 관계에서는 비효율적인 친절이 오히려 더 고맙고 깊은 정성으로 다가온다.

그날, '비효율적으로' 마중 나온 친구와 나란히 걸으며 속으로 다짐했다.

'다음번엔 내가 먼저 마중을 나가야지.'

시간과 효율을 따지기보다 마중 나온 사람의 마음을 먼저 생각하는 사람이 되자고, 마음을 아끼지 말자고.

하루의 소리

윤주

생각날 때마다 녹음해두었던 파일들을 찾았다. 5년도 넘은 파일들에는 다양한 소리가 있다. 밴드들과 열심히 합주하던 소리, 지금은 완성되어 발매된 곡들의 스케치, 여행지에서 녹음한 파도 소리, 새소리, 눈 밟는 소리, 바람 소리까지 다양하게 들어 있다.

작은 것 하나라도 기록해서 남기는 건 미래의 나에게 주는 좋은 선물이다. 기록하지 않았다면 흩어져 사라졌을 이 선물을 고이 모아서 보내준 과거의 내가 기특하다. 덕분에 그 시간으로 잠시 돌아가본다. 잊고 지냈던 공기와 풍경, 그날의 옷차림까지 기억의 서랍을 열고 내 앞에 펼쳐진다.

좋았고 슬펐고 기뻤고 힘들었던 모습들 모두 나의 것이었음을 다시 한 번 확인받는 기분이다. 별일 없는 하루일지라도 일상의 소리를 기록해둘 수 있으니 충분히 의미 있는 하루다.

눈처럼 소복한

●
윤
주

자기 일을 정말 사랑하는 사람을 만나면 왜인지는 모르겠지만 마음이 찡하다. 추운 겨울을 견뎌내고 새싹이 움트는 것처럼 어려운 일임을 알기에 더 감격스러운가 보다. 지칠 수도 있고 후회할 수도 있고 수많은 걱정에 잠 못 이룰 수도 있지만, 그럼에도 불구하고 묵묵히 다시 길을 걷는 걸음이 아름답다.

길을 걷다 걸림돌이 나타나면 이 길이 아닌 것 같다고 멈추는 사람이 있고, 걸림돌마저 길의 일부라고 생각하며 계속 나아가는 사람이 있다.

속도가 느리더라도, 잠시 쉬었다 가더라도, 나아가는 사람은 언젠가 목적지에 도착하리라는 걸 안다. 열심히 산다고 해서 매 순간 행복할 순 없겠지만 밤새 조금씩 내린 눈이 다음 날 아침 온 세상을 하얗게 바꿔놓듯, 모두의 마음에 조금씩 자주 행복이 쌓이기를 바란다.

손녀의 꿈

▲
세
진

내 꿈은 사랑스러운 할머니가 되는 것이다.

우리 할머니처럼 해맑고 사랑스럽고 따뜻한 사람. 기억 속의 할머니는 언제나 예의를 지키고 남에게 피해 한 번 안 끼치며 사시는 분이었다. 그런 천사표 할머니도 사는 내내 힘든 일이 많았겠지. 하지만 그 한가운데에서도 항상 미소를 잃지 않으셨다. 자애롭고 순수하게 그 힘듦을 오롯이 끌어안으셨다.

아마도 내가 그렇게 되려면 꽤 오랜 시간과 노력이 필요하겠지만, 그래도 꿈꿔본다. 난 우리 할머니의 손녀니까.

어디에 있든 누구와 함께하든

예쁜 꽃들에 둘러싸인 돌을 보았다. 멀리서 볼 땐 꽃이 눈에 띄어 다가갔는데 자세히 보니 한가운데 돌이 있고, 색색이 수놓은 듯한 꽃들이 돌을 장식하고 있었다. 참으로 행운 맞은 돌이었다.

그런데 잠깐, 돌의 입장에서 생각해보았다. 꽃에 둘러싸인 곳에 태어나 '나는 왜 눈에 띄는 꽃이 아닐까' 고민할 수도 있지 않을까? 어쩌면 사람들이 꽃만 좋아한다고 매일 상심했을지도 모르겠다.

하지만 내가 본 돌은 꽃들 사이에서 조화롭고 행복해 보였다. 그래서인지 몰라도 이내 나는 그 돌이 화단의 주인공임을 알아챘다. 이렇게 조화롭게 살아가는 방법을 아는 돌이라면 온실에 있는 고고한 수석보다 더 행복할 것 같다는 생각도 들었다.

꽃에 둘러싸인 돌을 보며 생각했다. 어디에 있든 누구와 함께하든 행복하게 사는 방법은 자기 모습을 받아들이고 조화롭게 사는 것이라고. 산책길에 만난 돌의 행복을, 내 행복을 빌듯 바랐던 오후.

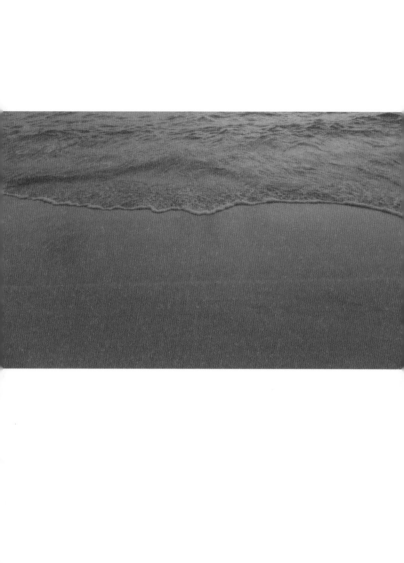

언젠가 사라질 걸 알더라도

● 윤주

해변에서 갈고리를 사용해 거대한 그림을 그리는 사람을 만난 적이 있다. 에메랄드빛 바다가 펼쳐져 있는 그곳에서 그는 오래도록 그림을 그렸다. 파도가 그림을 덮어버리면 어떡하냐는 말에 그래서 이 작업이 더 소중하다고 대답했다. 오랜 시간을 들여 완성한 그림이지만 그는 남겨두기 위해 애쓰지 않았다. 지워지면 다시 새롭게 시작하고 또 자연스레 사라지기를 반복한다고 했다.

행복은 결과가 아니라 과정이라 말한다. 사라질 걸 알면서도 온 힘을 다하는 것.

높은 곳에 올라가 언제 사라질지 모르는 그림을 보며 오늘도 그림을 그릴 수 있어서 행복하다고 말했던 그 사람처럼, 하루의 끝에서 오늘을 돌아보며 완벽하진 않더라도 그래도 행복했다 말할 수 있는 내가 되길 바라본다.

왼손의 슬픔, 오른손의 기쁨

▲
세
진

강아지와 산책을 하면 배변 봉투를 들고서 한참을 걸어야 한다. 가는 길 내내 쓰레기통이 보이지 않으면 나올 때까지 계속 가야 하는데, 인생도 이런 모습과 닮은 것 같아 혼자 피식 웃었다.

어쩌면 인생이란 왼손엔 쓰레기를 들고 오른손은 사랑하는 이의 손을 잡고 한참을 걸어가는 것이 아닐까. 왼손의 수고로움이 오른손의 사랑을 지켜내고, 사랑과 함께 걷기에 수고로움은 금세 잊힌다.

밤과 낮이 하루를 만들어내듯 양손에 들린 책임과 행복의 무게가 우리의 인생을 빚어낸다. 뜻대로 되지 않아 한 손의 짐이 무거워질지라도, 시선은 사랑을 향해 있기에 우리는 계속 나아간다. 아이러니하지만 그것이 왼손에 쓰레기를 들고도 오른손을 보며 활짝 웃을 수 있는 이유인가 보다.

쉼 없이, 의심 없이

윤주

커다란 일에 기쁨을 느끼기는 쉽다. 하지만 작은 일에서 기쁨을 찾아내는 건 쉽지 않다. 어른이 되면서 감정의 그물은 점점 느슨해지는데, 그래서 작은 슬픔이나 사소한 기쁨은 건져 올리기가 어렵다. 그물을 빠져나간 조그만 일들까지 일일이 들여다보기엔 우리 삶이 너무 바쁘다. 이런저런 이유들 때문에 기쁨도 행복도 모두 사치라고 여겨진다.

난 그래서 내가 사랑하는 모든 사람이 순간순간마저도 행복하길 바란다. 싱그러운 봄부터 서로의 손을 더 따뜻하게 잡아줄 수 있는 겨울까지 쉼 없이 행복하길 바란다. 바람에 날리는 꽃잎만큼, 세상에 내려앉은 눈송이만큼 날마다 행복이 포개지길 바란다. 가장 중요한 건 보이지 않는 것처럼 행복은 늘 우리 가까이에서 손을 흔들며 말한다. 오늘은 나와 함께하지 않겠냐고.

해석하기 나름

▲
세
진

"그게 어떤 의미가 있나요?"

내가 하는 일을 두고 누군가 이렇게 묻는다면 나는 뭐라고 대답할까?

많은 사람이 고민하는 문제 속에서 나도 빙빙 돌던 때가 있었다. 살면서 하는 일에 의미를 따지자면 하나부터 열까지 의미를 둘 수도 있고 두지 않기로 마음먹는다면 종이 한 장의 무게만큼도 가치가 없을 텐데, 그래도 지금껏 걸어온 발자취를 돌아보면 의미를 부여하고 실행에 옮긴 일이 더 많았던 것 같다.

지나고 보면 뜻 없이 선택하고 흘러간 일은 그 빛이 금방 사그라지지만 나름의 의미를 두고 선택한 것들은 한참 나중에도 은은한 빛깔이 곱게 남아 있다.

앞으로도 상황에 쫓겨 의미를 저 멀리 던져두고 무언가를 선택하는 사람은 되지 않기를 빈다. 다른 사람 눈엔 의미가 없었을지언정 내겐 분명 의미 있는 일일 테니까.

평행선의 시선

아무리 가까운 사이라 해도 문제를 바라보는 시선이 늘 같을 순 없다. 누구든 자신의 입장에서 먼저 생각할 수밖에 없지만 그렇게 시간이 쌓이다 보면 다신 만날 수 없는 평행선 같은 관계가 되어버릴 때도 있다. 그렇기에 자신과 상대방의 입장에서 두루 생각하는 연습이 되어야 한다.

어떤 상황이든 생각을 열어두어야 한다는 걸 알고는 있지만, 막상 눈앞에 닥친 일을 마주할 때는 내가 만든 튼튼한 울타리 속에 갇혀버리고 만다. 나'만' 옳다가 아니라 나'도' 옳다고 한 글자만 고치면 조금 쉬워질 거라고들 하는데, 마음은 글자 하나 고치는 것처럼 간단하지가 않다.

친구와의 전화를 끊고 천천히 생각했다. 원하는 걸 들어줄 때까지 바닥에 드러누워 고집 피우는 아이처럼, 어른이 된 지금도 여전히 나를 알아달라 떼를 쓰고 있지는 않았는지. 상대방의 마음을 이해하기 위해 얼마나 노력했는지.

무채색 인간

세상의 어떤 눈송이도 모양새가 같지 않다. 멀리서 보면 다 똑같은 눈송이지만 조금만 자세히 들여다보면 모양도 제각각이고 붙여진 이름만 해도 서른 개가 넘는다.

사람도 그렇지만 어떤 생명도 완전히 같은 건 없을 것이다. 누구나 자신만의 개성과 독특한 방식들을 갖고 있다. 그런데 언제부터인가 '이러면 안 돼, 나만 유별나 보일 거야' 하고 재단하며 살다 보니 어느새 나도 회색빛 빌딩처럼 어디에나 있는 사람이 되어버렸다.

무난하고 무던한 사람이 된다는 건 어느 정도 마음 편한 일이긴 하지만 일상은 무채색이 될 것이다. 어떤 색깔과 어울려도 유별나 보이지 않고 나를 드러내지 않는 그런 하루. 그래도 나답게 살아가려면 이젠 누르고 재단하는 일은 그만해야 하지 않을까. 나다움을 감추느라 지친 우리에게 이 말을 꼭 해주고 싶다.

널 바꾸지 않아도 지금 그대로 충분히 아름답고 귀하다고.

인생 영화가 뭐예요?

▲
세
진

"제일 좋아하는 영화가 뭐야?"

의외로 이 질문이 상대방에 대한 많은 것을 알게 해주는 것 같아서 나는 참 좋다. 내가 생각했던 이미지와 전혀 다른 영화를 들을 수도 있고, 봤던 영화지만 나와는 조금 다른 관점의 해석을 들을 수도 있고, 평소 그가 어떤 것에 관심이 있는지도 조금은 짐작해볼 수 있다. 심지어 영화를 보지 않는다는 대답마저 의미가 있다. 자연스럽게 영화 얘기를 하면서 이야기가 확장되는 것도 재밌고 일 얘기, 사는 얘기가 아니라서 더 흥미롭다.

예전엔 책 얘기, 꽃 얘기, 영화 얘기만도 두세 시간을 했는데 언제부터인가는 현실적인 이야기만 줄줄 늘어놓는 내가 되었다. 이제부터는 대화할 때 평소 물어보는 것보다 좀 더 다양한 이야기들로 사람들을 알아가고 싶다. 시간만큼이나 켜켜이 쌓인 그 사람의 색채와 개성이 가득한 이야기들로, 우리 안의 무궁무진한 세계를 여행하며.

내가 사랑하는 소리

하루하루 자극적인 뉴스와 믿기 힘든 이야기들 속에 살아간다. 담백하고 심심한 이야기들은 '재미없는 이야기'라고 대우받지 못하고, 감동적이고 따뜻한 이야기들은 '감정 과잉'이라는 오명을 쓴다.

소설보다 더 소설 같고, 내 곁에는 절대 없길 바라는 악인들의 이야기가 일상 속 여기저기에서 흘러넘치다 결국 우리의 삶을 압도해버린다.

그 속에서 나는 어디쯤에 있고 당신은 또 어디쯤에 있을까.

눈에는 잘 띄지 않더라도, 기대에 못 미치더라도, 잔잔하고 따뜻한 소리가 멈추지 않길 바란다. 상처로 움푹 파인 마음을 채울 수 있는 건 그 아픔을 같이 아파하며 흘리는 눈물만이 가능할 테니 말이다.

사소한 즐거움을 잃지 않는 한

"살아보니 인생은 필연보다 우연에 좌우되었고, 세상은 생각보다 불합리하며 우스꽝스러운 곳이었다. 그래서 산다는 것은 슬픈 일이지만 사소한 즐거움을 잃지 않는 한 인생은 무너지지 않는다."

이화여대 명예교수이자 50년간 정신과 의사로 살아온 이근후 선생님의 말씀이다.

소소한 일상의 즐거움이 인생에 도움이 된다는 그의 말은 이미 우리가 알고 있는 사실일 수 있다. 하지만 마음속 깊은 곳에서 내 인생에 또 꽤나 드라마틱한 무언가가 일어나길 막연하게 기다리고 있었던 것 같다.

작다고 가벼이 넘기는 일들이 하나둘 모여 인생의 멋진 드라마를 쓰는 획이 될 수 있는 건데, 그동안 내가 그 기회들을 놓치고 있던 건 아닌지 문득 자문해봤다. 그의 말처럼 어떤 날은 산다는 게 슬픔의 연속일지도 모르지만, 그럴수록 나만의 즐거움을 찾으려 곳곳을 둘러보고 천천히 지켜봐야겠다. 비록 볼품없는 행복일지라도.

조카의 등을 어루만지며

윤주

조카의 등을 어루만지다가 마음이 이상해졌다. 스트레스와 나쁜 자세로 굳어진 어른들의 굽은 등만 보다가 아직 유연하고 곧은 아이의 등을 만지고 있자니, 앞으로 짊어지게 될 무게들이 벌써부터 안쓰러워졌다. 나보다는 더 나은 삶을 살길 바라는 부모들의 마음이 이런 걸까.

"허리 펴고 앉아."

"TV는 뒤로 가서 봐."

"골고루 먹어야지 키 큰다!"

잔소리를 늘어놓다 보니 나도 똑같이 들었던 그 잔소리들이 결국 사랑이고 걱정이었구나, 이제 조금 이해가 된다.

아이들이 더 좋은 환경에서 살 수 있게 내가 할 수 있는 것들을 더 최선을 다해 지켜보리라, 어리고 여린 등을 만지며 다짐했다.

늘 곁에 있는 투명한 마음

▲
세
진

티 안 나게 상대를 배려해주는 방법. 참으로 어렵고도 손이 많이 가는 일이다. 한 번 '대차게' 마음 써주는 거야 상대방도 알고 나도 제대로 생색낼 수 있지만 티 안 나게 상대를 배려하는 방법은 그야말로 '어나더 클래스'다. 그건 상대방이 부담스럽지 않게끔 머릿속으로 A안과 B안까지 그려보며 선택하는 섬세함과 애정이 요구되는 일이니까.

정작 상대방은 모르고 넘어갈 수 있지만 그 배려가 눈에 띄는 순간부터 사람이 달리 보이기 시작한다. 참 마음이 예쁜 사람이구나. 그렇게 전달된 감동은 예쁜 마음을 더 크게 돌려주고 싶게 만든다.

잘 찾아보면 그동안 우린 알게 모르게 티 안 나는 배려를 받고 있었는지도 모른다. 나를 위해 한 번, 두 번 더 생각하는 그 마음을 놓치지 않게 주변을 꼼꼼히 둘러보는 다정함을 길러야겠다.

아름다운 순환

▲
세
진

좋은 마음은 자연스레 순환된다. 깨끗하고 순수한 마음을 전달받았을 때 받은 그 마음을 잘 간직하다 돌려주고도 싶고, 그때그때 필요한 사람들에게 나누어주고도 싶다. 고맙고 감동적인 순간이 지나고 나면 '아, 이걸 어떻게 갚지? 나도 뭔가 도움이 되고 싶은데' 하며 행복한 고민에 빠지기도 한다. 이렇게 흘러 들어간 선한 기운은 썩은 물을 걷어내고 더욱 활기차게 멀리 퍼져서 한참 시들고 말라버린 마음까지도 움을 틔운다.

어디에서 온 좋은 생각인지, 누가 준 기회인지 받는 사람은 알 수 없지만, 아름다운 순환 속에서 내가 할 수 있는 게 무엇인지 곰곰이 생각해본다.

진심의 온도

말은 생각보다 더 큰 힘을 갖고 있다. 삶을 포기하고 싶은 순간 우연히 듣게 된 노래에 다시 한 번 열심히 살아볼 힘을 얻었다는 그 말 한마디가, 울지 못하고 꾹 참고 있던 하루 끝에 울어도 된다고 얘기해주는 말 한마디가, 고군분투하며 사는 매일매일에 오늘도 잘 버텼다 등 두드려주는 따뜻한 말 한마디가 오늘의 우리를 살게 한다.

좋은 사람이 만든 맛있는 음식을 좋은 사람들과 함께 먹은 어느날, 어떤 말보다도 "맛있었어요"라는 말 한마디가 가장 힘이 된다며 소녀처럼 웃던 사장님의 말이 오래도록 가슴에 남았다.

말은 멋있고 거창할 필요가 없다. 진심이 전달되면 그걸로 충분하다.

삶이 단조로울 땐

"삶이 단조로워질 땐 뭘 배우는 게 최고예요."

동네에 있는 피아노 학원에 다니기 시작했다. 그 피아노 학원 레슨 선생님이 해준 말인데, 요즘의 나에게 백번 들어맞는 얘기다. 초등학교 땐 그렇게 치기 싫었던 바흐를 연주하며 마음의 안정을 찾고, 건반의 울림 하나가 다르게 다가오는 걸 확인하며 배움에 때가 따로 있는 게 아니란 것에 감사를 느꼈다.

삶이 단조롭다 못해 무기력해질 때, 무언가를 시작하고 배워가는 과정만큼 생기를 되찾는 일이 있을까 싶다. 소파에 누워서 티비 보기를 누구보다 좋아하는 나조차 요즘은 피아노 옆에 붙어 있고 싶으니 말이다. 지금의 일상에 염증을 느낀다면 무엇이든 시작하는 걸 권하고 싶다. 비록 그것이 금방 사랑에 빠졌다가 식어버릴 열정일지라도.

우리 함께 있자

윤주

사랑하는 너에게 갑자기 무슨 일이 생겨 내 곁을 떠나게 됐을 때 신에게 난, 너 대신 나를 먼저 데려가달라고는 이야기 못 하겠어. 내가 사라진 곳에 너만 남아 있는 게 지옥보다 더 힘들 테니. 그럼 네가 더 힘들어질 테니까. 그러니 너와 내가 살아 있는 날을 하루씩 줄이더라도 함께 있자. 5분을 살든 50년을 더 살든, 우리 함께 있자.

마음을 여는 용기

어떤 책을 보거나 TV 프로그램에서 나와 잘 맞을 것 같은 사람을 보면 내심 반갑다. 책을 다 읽고, 프로그램을 끝까지 시청하고 나 혼자 내적 친밀감에 젖고는 한다. 사소한 이야기에도 공감을 해 줄 것 같고 별거 아닌 순간에 함께 웃음이 터지지 않을까 하는 기분 좋은 상상도 해본다.

생각해보면 우린 어디서든 친구로 삼을 마음을 가지면서도 막상 그 자리에 놓이면 가만히 앉아 어색한 미소를 띠며 커피만 홀짝일 때가 더 많다. 그렇게 기회를 흘려보낸 날에는 왜 가만히 있었을까, 먼저 말을 한번 걸어볼걸 그랬나, 뒤늦은 아쉬움을 삼킨다. 열린 마음으로 눈 한번 꽉 감고 손을 내밀어보면 어쩌면 우리 곁에 좋은 친구들이 더 많이 생기지 않을까. 다음에 그런 사람을 만난다면 자연스럽게 먼저 인사를 건네야겠다.

아무 날의 사랑

윤
주

세상 모든 일엔 '왜?'라는 질문이 붙지만, 누군가를 위해 마음을 쓰는 일만큼은 굳이 이유를 찾지 않아도 괜찮지 않을까.

생일이나 무슨 무슨 기념일도 아닌 아무 날, 아무 일도 없이 걸려온 전화가 더 따뜻하고, 때때로 무심하게 베푸는 사소한 배려들이 삶의 무게를 덜어주기도 하니까.

어쩌면 우리를 지탱하는 것은 이유 없이 안부를 궁금해하고 이유 없이 바라봐주고 이유 없이 기다려주고 이유 없이 함께 있고 이유 없이 이야기를 들어주고 이유 없이 안아주고 이유 없이 같이 울고 웃으며 이유 없이 너의 편이 되어주는 것.

이 모든 건 이유 없이 큰 사랑을 받은 우리가 기꺼이 해야 할 일이 아닐까.

추억 부자

▲
세
진

"늙으면 지루한 거라우."

이북 출신이셨던 외할아버지가 가끔 내게 하셨던 말씀이다.

나는 그 말이 그렇게 슬플 수가 없었다. 다 지나고 보니 나는 노쇠하였고 생각보다 추억이 많이 없었다는 말처럼 들렸기 때문이다. 할아버지 말씀대로라면 나이 들어서도 즐거웠던 시절을 추억할 수 있어야 지루하지 않다는 건데, 그건 결국 한 살이라도 젊을 때 즐거운 일을 많이 만들어야 한다는 말이 된다.

후회 없이 늙기 위해선 노력해서라도 재밌는 일들을 찾아야 하는가 보다. 그래서 사람들이 버킷리스트도 적고 나이와는 상관없이 새로운 도전에 몸을 던지는 거겠지.

할아버지는 지금 천국에 계시겠지만 내가 세상에서 즐거운 추억을 하나라도 더 만들기를 원하실 거다. 할아버지의 염원대로, 지금이 나중에 떠올리고 싶은 순간이 되도록 부지런히 즐거운 추억을 하나씩 쌓아봐야겠다.

관계 편식

윤
주

친구와 걸으며 오래 이야기를 했다. 나와 비슷한 사람을 만나면 어떠한 문제를 바라보는 시선이 같아 길게 말하지 않아도 내 생각을 이해받고 있다는 느낌이 든다. 반면 성향이 다른 사람을 만나게 될 땐, 긴 시간 갖고 있던 나의 고민을 다른 시선만으로 단숨에 해결해주기도 한다.

한 심리학자의 말이 생각난다.

"우리는 공통점 때문에 친해지고, 차이점 때문에 성장한다."

마음이 편안해지려면 공통점이 필요하지만 한 발짝 나아가려면 차이점을 멀리해서도 안 된다. 어떤 이의 창문을 통하면 나와 비슷한 풍경이 보이고, 또 다른 이의 창문을 통하면 전혀 본 적이 없는 새로운 풍경이 펼쳐져 보인다. 건강을 위해 영양을 골고루 섭취해야 하듯, 마음의 균형을 위해서라면 인간관계에서도 지나친 편식은 멀리할 일이다.

모난 말, 둥근 말

▲
세
진

아직도 말을 잘하는 게 이렇게나 어려울까. 나름 디제이라고 어디 가서 말 못하는 사람이라곤 생각을 안 했는데 말을 자연스럽게 하는 것과 그때그때 해야 할 말을 잘 구분해서 하는 건 다른 영역인 것 같다.

이 나이쯤 되면 조금은 편해질 줄 알았지만 아직도 난 말을 잘하는 방법이 무엇인지, 그 선이 어디까지인지가 가늠이 잘 안 된다. 말 한마디에 빚을 갚는 것까진 바라지 않더라도 무심코 상처 주는 말들은 하지 말아야 할 텐데 툭툭 튀어나오는 뾰족한 말들에 우리는 서로가 베이는지도 모른 채 넘어간다. 생각의 짧음과 배려의 부재는 생각보다 쉽게 티가 난다.

우리는 대화 속에서 서로 어떤 이야기를 하고 있을까? 한 번 더 생각하고 말하지 않으면 그건 말이 아니라 칼이 될 수 있음을 다시금 새겨둬야겠다. 생각에서 말까지 조금 더 천천히 가길 바라며.

가을의 길목에서

▲
세
진

깊어가는 가을, 끝없이 이어진 가로수 사이로 햇빛이 쏟아졌다. 초록빛이 가득하던 잎들은 어느새 노랗고 빨갛게 옷을 갈아입고 가을의 정취를 더한다. 다가올 계절의 혹독함을 이렇게나 낭만적으로 준비하다니.

매일 지나던 길에서 나무가 계절을 이야기할 때 우리는 자연의 경이로움과 흘러가는 시간의 덧없음을 동시에 마주친다. 그리고 그 순간을 더 아름답게 여기게 된다. 세상 어떤 것이든 아름다움은 끝이 있기에 더 반짝이나 보다.

행복의 순간

윤
주

그 사람은 하루 종일 병든 닭처럼 꾸벅꾸벅 존다.

그러다 눈을 뜨면 다시금 아무 감정 없는 인형의 눈처럼 멍하다.

바라보고 있는 시선을 천천히 따라가다 보니 바다가 나온다. 아름다운 바다 옆에는 크고 멋진 산도 있다.

그곳에 가고 싶어 이렇게 병이 들었나 싶어 마음이 짠하다.

지금 이 순간만큼은 그곳에서 행복하길 바라며 여행에서 돌아올 때까지 옆에서 조용히 기다려줘야겠다.

있을 때 잘해

▲
세
진

"있을 때 잘해."

귀에 박히게 들어온 얘기지만 연인이든, 부모 자식 간이든 친구든 우리는 곁에 누군가가 있을 땐 저 얘기가 조금 덜 와닿는다. 꼭 함께해준 사람이 곁을 떠나고 나서야 그 빈자리를 온전히 느끼고 저 말의 뜻을 이해하게 된다.

모든 걸 다 받아주는 사람이 있다면, 그건 내가 뭘 잘해서가 아니라 그냥 있는 그대로의 나를 다 받아내고 있는 것이다. 그래서 더 티가 안 나고 몰랐던 것일 뿐. 때론 당연하다고 여겼던 나를 둘러싼 것들에 대해 하나하나 뜯어볼 필요가 있다.

늘 당연한 듯 내 옆에 있어준 사람, 지금껏 그랬듯 언제까지나 같이 있을 거라 믿어지는 사람들에 대한 고마움을 잊지 않는다면 아마도 우린 계속 함께 걸어갈 수 있지 않을까. 곁에 있을 때 손을 놓지 말자.

힘을 빼는 연습

● 윤주

악기를 배우기 시작하고 가장 많이 들었던 말.

급하게 소리를 내려 하지 말고 기본에 집중하라.

잘못된 자세가 습관으로 굳어지면 다시 고치는 건 처음보다 훨씬 어렵다. 잔뜩 힘이 들어간 상태로는 긴 경기를 완주하기 어렵기 때문에 모든 시작은 몸에서 힘을 빼는 것. 악기도, 운동도, 생각도 마찬가지다.

조심성 많고 소심한 성격 탓에 정작 소리를 내야 하는 상황, 즉 힘을 줘야 할 순간엔 또 주저하게 된다. 누르고 있는 화를 뱉어내야 한다며 전방을 향해 3초간 선생님과 함께 함성을 질렀다. 마치 심리 상담을 받은 듯 마음에 위로가 됐다.

배운 지 얼마 되지 않아 바람 빠지는 풍선처럼 초라한 소리만 내고 있지만 기본에 충실하게, 그리고 힘을 뺄 때와 힘을 줘야 할 때를 잘 분별하며 연습하다 보면 분명 나아지겠지.

엄마와 새치

▲
세
진

서른한두 살 때부터였나. 엄마의 새치가 있던 자리에 나도 똑같이 새치가 나기 시작했다. 희끄무레 올라온 새치를 볼 때마다 엄마 생각이 났다.

"왜 하필 다른 좋은 걸 놔두고 그런 걸 닮는대?" 하고 철없이 투정 부린 기억처럼, 이상하게 좋은 것들보다 별로인 것들이 괜스레 더 눈에 띈다. 사실 내가 감성적인 것도, 소녀 같은 모습을 가진 것도, 해맑게 웃을 줄 아는 것도 엄마 딸이어서일 텐데.

이제부터는 엄마에게 물려받은 새치를 볼 때마다 좋은 걸 헤아려보기로 했다. 소녀 같은 밀짚모자를 쓰고 좋아하는 엄마의 모습을 떠올리면서 말이다.

아이처럼

"나에게 몰입되어 있는 시선을 다른 곳으로 옮겨보는 건 어때요? 아이들은 나 자신을 보지 않잖아요. 늘 다른 곳에 관심을 갖고 새로운 걸 궁금해하죠."

오랜만에 만난 나의 보컬 선생님이 해주신 이야기다.

가끔 너무 혼자 심각해지거나 내 안을 파고들어 괴로워질 땐 시선을 돌려보란 조언이었는데, 생각지 못했던 부분이라 굉장히 새롭게 들렸다.

자기에게 지나치게 몰입해 있으면 내 모든 것에 예민하게 반응하고, 그러면서 쓸데없이 긴장도를 높일 때도 있다. 그럴 때 내게 꽂힌 시선을 외부로 돌리기만 해도 잔뜩 굳은 어깨가 조금 이완될지도 모른다. 지금 마음이 너무 무겁다면, 어깨를 활짝 펴고 주위를 한번 둘러보자. 놀이터에서 뭐 신나는 게 없을까 두리번거리는 아이처럼.

변하지 않아 고마운 것들

윤주

변화가 없다는 건 앞으로 나아가지 못하는 거라고 생각하며 살았는데, 아이러니하게도 나는 변하지 않는 것들에게 위로를 받는다. 오래된 식당, 오래된 사진, 오래된 음악, 오랜 친구의 말투와 웃음소리, 그리고 오랜 나의 가족.

잘 보이려 애쓰지 않아도, 나에게 무얼 해주지 않더라도 존재만으로 오늘의 나를 지탱해주는 것. 변하지 않아 고마운 것들.

긴 시간 동안 쌓여온 수많은 일과 수많은 감정을 함께 짊어지곤 언제나 그 자리에 같은 마음으로 있어줘서 그것만으로 충분히 고맙다고 마음으로 오래오래 되뇌었다.

나무의 시간을 보면

▲
세
진

집 앞에 키 큰 나무가 몇 그루 있다. 아침에 일어나 커튼을 걷고 제일 먼저 보이는 풍경이 햇살을 머금고 건강하게 잘 자란 나무들이다. 베란다를 열고 환기를 시킬 때마다 매일 봐온 나무를 어김없이 바라본다. 그러다 어느 날 문득 나뭇잎 색깔이 달라져 있음을 발견한다. 매일매일 색이 달라져가는 나무를 보면서 어느 날엔 여름을, 어느 날엔 가을을 지나고 있음을 알다 보면 계절과 시간이 가진 힘을 새삼 느끼게 된다.

그러고는 깊은 위안을 받는다. 세상 무엇도 시간 앞에서는 절대적으로 변하지 않는 건 없다는 사실 앞에서. 서서히 색이 변해가는 나뭇잎처럼 시간이 지나면 어떤 아픔도 끝이 날 거란 희망이 생긴다.

조금씩, 천천히, 우리의 슬픔을 바래지게 해줄 거란 희망이.

태 도 와 기 분

● 윤주

언제 어디서든 인간에게 가장 중요한 건 태도가 아닐까 싶다. 같은 상황도 어떤 태도로 받아들이느냐에 따라 다른 결과가 나오기도 하니까.

기분은 마음에 절로 생기는 감정이고 태도는 스스로 드러내는 자세이기 때문에 항상 더 조심하고 신경 써야 할 부분은 태도다. 태도를 통해 기분이 전염될 수도 있으니 말이다.

늘 좋은 생각과 바른 마음가짐을 갖기란 쉽지 않다. 하지만 불평과 불만, 부정적인 생각들이 드는 날이면 노력이 필요하다. 가끔은 너무 지쳐서 왜 나만 감추고 노력하고 참아야 하는지 억울한 날도 있다. 그럴 땐 남을 위해서가 아니라 나를 위한 일이라고 생각하면 어떨까.

삶을 대하는 태도가 바뀐다면 지금부터라도 나를 둘러싸고 있는 분위기는 달라질 수 있다. 건강한 생각을 하자. 나 자신을 위해.

잘 웃는 사람

▲
세
진

잘 웃는 사람이 되고 싶다.

별일 아닌 일에도, 작은 기쁨에도, 평범한 사람에게도 재밌는 점을 찾아낼 수 있는 그런 사람. 평소 나는 나 자신을 웃음에 꽤 인색한 사람이라고 여겼다. 그리고 그건 나의 웃음 기준치가 높아서 그런 것일 뿐 흠이라고는 생각하지 않았다.

그러던 어느 날, 다른 사람의 이야기에 좀처럼 웃지 않는 사람을 보았다. 뭔가 조금 이상했다. 부자연스럽달까. 뭔가 조급해 보이기도 하고 경직돼 보이기도 하는 그 모습을 보고 나니, 난 앞으로 지금보다는 더 잘 웃는 사람이 되고 싶어졌다. 다른 사람의 이야기에 너그러이 웃어줄 수 있는 사람. 누군가의 재밌는 점들을 발견하고, 거리를 지나다 웃긴 포인트를 곳곳에서 찾아내며 큭큭댈 수 있는 사람. 그렇게, 여유롭고 자연스러운 리듬을 잃지 않고 살아갈 수 있다면 좋겠다.

정답에 가까운 말은

윤주

"좋은 디제이란 무엇인 것 같아요?"란 질문에 "솔직하게 말할 수 있는 사람이요"라고 대답하곤 한참을 생각했다. 난 얼마나 솔직할까? 감추는 걸 더 잘하고 있지는 않았나? 아는 척, 솔직한 척, 쿨한 척하고 있지는 않았나?

충분히 생각하고 얘기해야 한다고 생각하지만, 때때로 생각보다 말이 먼저 나올 때가 있다. 말을 시작은 했는데 결론을 맺기 힘들어 빙빙 돌다 결국 온갖 미사여구로 치장한, 어울리지도 않는 진한 화장을 한 얼굴로 마무리가 된다. 그사이에는 물론 숱한 과장이 추가된다. 살다 보니 정답에 가까운 말일수록 솔직하고 담백하다. 언젠가 나의 생각과 말들도 시원하고 깔끔한 동치미 국물 같기를 기대해본다.

사랑만 한 것이 또 있을까

▲
세
진

"이별보다 더 큰 것은 함께 사랑했던 시간이다."

어디서 주워들은 건지, 아니면 내가 써놓은 건지 출처도 불분명한 문장 하나가 휴대폰 메모장 속에서 튀어나왔다. 이별 직후엔 정말 세상 누구보다 슬픈 사람인 것처럼 힘이 들지만 시간이 지나 내 기억 속에 남겨져 있는 건, 결국 사랑했던 사람과 함께한 좋은 시간들이었다. 그런 걸 '선택적 기억'이라고 한다나.

뭐 어떻든 어떤가. 사랑이든 이별이든, 그사이 내가 배우고 깨달은 게 있다면 그것만으로도 한 뼘 더 성장한 나와 사랑했던 그 사람에게 고마워할 일이다. 그럼에도 사랑은 늘 어렵고 이별은 더 어렵지만, 세상에 그만한 것이 또 있을까.

마음을 주고받는 일

윤
주

"양말 참 예쁘네요."

열심히 일하고 있는 한 친구에게 말을 건네니 알아봐준 사람이 내가 처음이라며 활짝 웃으며 수줍게 자랑을 한다. 기뻐하는 친구의 얼굴을 보니 덩달아 기분이 좋아진다. 힘도 안 드는 말을 우린 왜 이렇게 아끼며 살까. 좋은 말은 멋쩍다는 핑계로 아끼고, 아픈 말은 나만 참으면 다 괜찮아질 거라 생각하며 아낀다.

말하지 않아도 상대방이 내 마음을 알 거라 생각하는 건 지금 막 떠오른 머릿속의 단어를 상대방이 알아채는 것만큼이나 어렵다. 아주 운이 좋아 내 마음을 잘 읽어주는 사람을 만나기도 하지만, 그 또한 참 쉽지 않은 일이란 걸 우리는 안다.

좋다, 슬프다, 힘들다, 기쁘다, 사랑한다. 수많은 마음의 소리를 들으려 노력하고 말하려 노력하는 것. 건강한 사람이 되는 첫 번째 덕목이 아닐까.

관계의 끝에서

▲
세
진

"이젠 더 이상 버림받기 싫어."

언젠가 친구가 했던 말이다. 평소라면 절대 하지 않았을 얘기지만 그날은 본인도 기억 못 할 만큼 술에 잔뜩 취해 알코올의 힘을 빌려 말했던 것 같다. 친구의 말엔 '나는 사랑받고 싶고 누군가와 관계가 끝나는 게 두렵고 참 외롭다'는 마음이 들어 있었다. 나 역시 그 마음에 깊이 공감했다.

세상 누구도 버림받는 걸 원하는 사람은 없을 것이다. 하지만 버림받을 것이 두려워 마음에 누구도 들이지 않는다면 그건 그것대로 슬픈 일이다. 더 좋은 방법은, 내가 다른 사람을 먼저 안아주는 주체가 되는 것이 아닐까.

나를 구하는 말

▲
세
진

푹푹 찌는 무더위에 지친 여름날 탐스럽게 익은 복숭아를 한 입 깨물면 정신까지 맑아진다. 한여름의 복숭아 한 입과 같은 싱그 러운 위안을 주는 말이 있다. 요란한 산해진미보다 깔끔하고 산 뜻한 복숭아 한 입처럼, 청산유수 달변가의 말보다 지금 내게 꼭 필요했던 한마디가 훨씬 힘이 세다.

애쓰지 않고 진심에서 나온 말. 꾸미지 않고 담백하게 뱉은 말. 더도 말고 덜도 말고 지금 내 마음이 필요로 하는 말. 그 짧은 진 심 한마디가 누군가의 하루를 구한다.

본받고 싶은 마음

윤주

작업실 앞에 두었던 화분을 보고 옆집 할아버지께서 본인의 화분에 물을 주며 생각날 때마다 물을 줘도 되냐고 물어보신 적이 있다. 그리고 얼마 뒤, 오랜만에 깨끗하게 청소된 계단을 보고 할아버지가 아닐까 생각했다. 더러워진 걸 알면서도 나중으로 미루고만 있었는데 말끔하게 정리된 계단을 보니 마음까지 개운하다. 쓸린 빗질의 모양이 무지개 모양 같다. 누가 보낸 무지개인지는 정확히 알 수 없지만, 그 누군가의 마음 덕분에 종일 기분이 좋았다. 그리고 나도 기분 좋은 하루를 선물할 수 있는 이름 모를 누군가가 되고 싶다는 작은 바람이 생겼다. 역시 따뜻한 마음은 흘려보낼 때 가장 아름답다.

마침내 취미생

"세진 씨 지금 10대였으면 피아노 전공 입시 보겠냐고 물어봤을 거 같아요."

클래식 피아노 취미생이자 이제 막 40대에 들어선 나에게 선생님이 해주신 말씀이다. 잎새에 이는 바람에도 흔들리는 나 같은 취미생들은 선생님의 지나가는 말 한마디에도 힘이 난다.

내가 다니는 피아노 학원엔 나 말고도 취미생이 두 명 더 있다. 정년퇴직 후에 찾아오신 60대 한 분, 평생 가정주부셨던 70대 한 분. 60대분은 바이엘을 왼손, 오른손 따로 연습하시다가 최근 양손으로 치기 시작하면서 '멘붕 중'이라고 하셨고, 70대분은 평생 손에 물 마를 일 없이 살림만 하시다가 부르튼 손가락으로 이제야 피아노를 배운다고 하셨다. 그동안 해보고 싶었던 걸 기다리고 기다리다 시작했으니 해방감까지 느껴질 만큼 기쁘게 다니신다며. 두 분의 말씀을 전해 듣는데 마음 한구석이 찡해졌다. 이 모든 게 얼마나 귀한 일인지 새삼 깨달으며 말이다. 하고 싶은 게 있다는 것도, 그걸 마침내 시작하는 것도.

시간은 반드시 지난다

윤주

폭우가 쏟아지고 옷이 흠뻑 젖었다. 갑자기 내린 비에 어쩔 줄 몰랐다. 잠깐이라도 몸을 피할 수 있는 곳도 없었다. 할 수 있는 일이라곤 이 비가 그치기를 기다리는 수밖에 없었다.

살다 보면 가끔 내가 할 수 있는 게 아무것도 없는 무기력한 상황을 마주할 때가 있다. 지난 시간에 대한 후회와 일어나지 않은 일들에 대한 걱정으로 모든 게 멈춘다. 하지만 시간은 반드시 지나 예쁜 무지개가 뜨고 따스한 바람이 불어와 젖었던 머리와 옷을 말려준다.

여전히 내가 할 수 있는 건 많이 없지만 계속 자리에 주저앉아 시간을 낭비할지, 다시 걸어가볼지는 나만이 결정할 수 있는 일이다. 완주를 하려면 큰 힘이 들지만 한 걸음을 옮기는 데는 약간의 의지만 필요할 뿐이다. 아무리 대단한 일들도 분명 첫걸음을 뗀 그 순간이 있을 테니 우선 일어나 예쁜 무지개를 마음에 새기고 다시 걸어봐야겠다.

잘 지내, 어디서든

시작할 수 있다는 걸 잊은 사람에게

▲
세
진

시작할 수 있는 사람.

나무가 바람에 흔들릴 때 나무는 살아 있는 걸 느끼지.

지금 조금 흔들리고 있다면 네가 살아 있는 이유일 거야.

너는 떠날 수 있고 움직일 수 있고 생각할 수 있지.

이 중 하나만 되어도 뭐든 시작할 수 있는 사람.

다시 시작할 수 있는 사람.

때론 누군가를 위해 살아보고도 싶고

어쩌면 살아야 할 이유가 필요했는지도 모르지만,

넌 그 이유보다 더 중요한 사람.

땅을 짚고 다시 일어날 수 있는 그런 사람.

분명 그럴 수 있는 사람.

초심

● 윤주

변하지 않는 건 없다. 단단했던 초심도 언젠가 변하고 사랑도 변한다. 슬프지만 그렇다. 나이가 조금 들고 보니 다행히도 변한다는 게 나쁘지만은 않다. 영원히 뜨겁게 사랑할 순 없지만 다른 모양으로 더 깊어지기도 하고, 더 오래 사랑할 수 있는 방법을 알아내기도 한다.

그래서 변한다는 건 유연해진다는 것일지도 모른다. 비켜가는 법을 배우고, 내려놓아야 하는 것들을 받아들이는 일. 예전처럼 뜨거워지지는 않더라도 쉽게 식지 않는 방법을 터득하는 일. 쓰면 쓸수록 마모되어 서서히 부드러워지는 만년필의 펜촉처럼 내 삶에 자연스럽게 스며드는 일.

생각지 못한 일은 하루 동안에도 꾸준히 일어난다. 그때마다 초심을 잡기란 어려울 수밖에 없다. 그러니 새로운 그때그때 최선을 다하는 게 결국은 초심을 지키는 일 아닐까?

행복의 시동

▲
세
진

"이것 봐, 애도 리셋이 된다니까. 이런 간당간당한 고물딱지도 시동이 걸리는데 나는 왜 못 해. 열심히 하면 다 돼."

〈동백꽃 필 무렵〉의 한 등장인물이 낡은 오토바이에 시동을 걸면서 하는 말이 가슴에 꽂혔다.

살면서 용기를 내야 할 상황은 많지만, 그때마다 매번 용감하고 씩씩하기란 어려운 일이다. 그걸 잘 알기에 극 속의 인물이 더 장하고 예뻐 보였나 보다.

드라마든 현실이든 순수한 용기를 갖고 씩씩해지는 그 순간 그에게선 빛이 난다. 누구라도 주변에 그런 친구가 있다면 박수 치며 응원하고 싶다.

지금 이 순간, 다시 한 번 세차게 시동을 걸고 있는 당신의 하루를 열렬히 응원한다.

다시, 출발선에 서서

윤
주

무겁고 어려운 문제일수록 단순하게 생각하기가 쉽지 않다. 그렇게 오래도록 끌어오던 고민을 드디어 내려놓았다.

예 또는 아니오.

이 단순한 두 가지 답 위로 수많은 생각의 가지가 자라나 가장 중요한 본질은 가리고 답을 내리지 못하는 나를 손가락질했다. 할 수 있는 것들을 하지 않았고 할 수 없다고만 생각했던 그동안의 나를 돌아보며 더 이상 합리화하며 살기에는 내 남은 삶이 너무 바보같이 느껴질 것 같았다. 몇 달간 이어온 고민의 매듭을 짓고 나니 체중마저 가벼워진 것 같은 기분이 든다.

혹 마음을 짓누르고 있는 오래 묵은 고민이 있다면 더 이상은 미루지 않기를 바란다. 어영부영 시간이 지나면 또 끊임없이 자책하게 될 테니.

하지 못한 선택에 대해 후회하며 살기에는 우리의 매일매일이 너무 아깝다. 충분히 고민했으면 결정하고, 결정했으면 더 이상 뒤돌아보지 말자.

초록불은 온다

▲
세
진

퇴근 시간이면 대교를 따라 차들이 끝도 없이 줄을 서 있다. 어쩔 수 없이 그 행렬에 끼어 가다가 멈추고 가다가 멈추기를 수없이 반복하다 보면 평생 기다려도 내 순서는 오지 않을 것만 같은 기분이 든다. 그러다 가까스로 대교를 벗어나 평지로 내려가면 차들의 흐름이 보이고, 저 멀리 신호가 눈에 들어오면 이제 몇 번만 더 기다리면 되겠구나 싶어 단숨에 마음이 편해진다.

삶에서도 눈앞에 고지가 보이면 불안한 마음이 조금 가실 텐데, 인생이란 늘 곁을 안 준다. 그래서 두렵고, 그래서 기쁨도 크다. 눈앞이 꽉 막힌 길 위에 있더라도 모퉁이를 돌아서면 초록불이 반짝 켜질지도 모른다. 그러니 숨 한 번 크게 들이쉬고, 마음을 편하게 먹어야겠다. 지쳐서 초록불을 앞에 두고 멈추지 않게.

다가올 반짝이는 순간들을 생각하며

●
윤
주

내가 만든 곡이 처음으로 좋다는 칭찬을 받았던 날. 우연히 도착한 이름 모를 바닷가에서 눈물이 날 정도로 행복했던 날. 첫 조카가 태어나던 날. 라디오를 처음 시작하던 날. 정말 많은 별을 봤던 날. 좋아하는 사람에게 고백받던 날.

짜릿했던 처음의 기억은 시간이 아무리 흘러도 흐릿해지지 않고 한 장의 사진처럼 선명하게 남는다. 축 늘어져 있던 감정이 다시금 설레는 걸 보면 기억의 힘은 참 대단하다.

나를 설레게 할 순간들은 앞으로 또 얼마나 많을까. 행복과 불행의 차이는 아직 일어나지 않은 일들을 기대하며 걸어가느냐, 불안을 안고 그 자리에 멈춰 서 있느냐가 아닐까.

언제 찾아올지 모르는 행복의 순간이 걱정 많은 나와 당신의 매일매일에 조금씩 숨겨져, 보물찾기 하듯 오래오래 설렘을 맛보며 살아가길 바란다.

돌고 도는 계절처럼

▲
세
진

입춘이 지나고 날이 조금 풀린 오후. 창문을 열고 바람의 냄새를 킁킁 맡아본다. 겨울바람에 얼었던 몸과 마음을 녹여줄 봄바람이 올해도 잊지 않고 찾아와주었다. 그 와중에 하필 뉴스에서는 작년보다 올해가 힘들고, 올해보다 내년이 더 힘들어질 거란 이야기가 눈치 없이 흘러나온다. 올해가 어떨지에 대한 두려움, 그리고 봄이 다가오고 있다는 설렘이 한 번에 다가온 묘한 하루였다. 하지만 언제 끝날까 싶었던 겨울이 지나 입춘이 다가왔듯, 어떤 것들은 시간이 지나면 제자리로 돌아올 수 있을 거라 기대해본다. 길고 긴 겨울처럼 차가웠던 어떤 날들도 시간이 지나면 자연스레 괜찮아질 거라 힘을 실어보며.

내가 생각하는 진짜 멋없는 인생

"그렇게 큰돈이 갑자기 생기면 뭐 할 거예요?"
몇 년 사이에 수십 배가 되는 돈을 벌게 된 어떤 사람의 이야기를
해주며 내게 물었다.
"글쎄요, 너무 큰돈이라 상상도 잘 안 되긴 하는데, 음…… 여행을
엄청 다닐 것 같네요."
한참 동안 서로 말이 없었다. 아마도 각자의 상상 속에 들어갔던
것 같다. 이야기 속의 그는 갑자기 졸부가 된 모습이 싫어 여느
때처럼 회사도 열심히 다니고 타던 차도 바꾸지 않았다고 했다.
삶의 균형을 잃지 않아 다행이구나, 생각하다 별 걱정을 다 하고
있다는 생각에 정신이 들었다. 없으면 불편하고 있으면 좋은, 그
렇지만 내 목표가 될 수는 없는, 돈은 내게 딱 그 정도인 것 같은
데 "부럽다"라는 말이 가장 먼저 툭 튀어나온 걸 보면 그건 숨길
수 없는 진심이겠지.

돈이 나를 따라오게 만들어야지 내가 먼저 돈을 따라가지는 말
라는 부모님의 말씀처럼, 우선순위가 바뀌는 순간 제일 멋없는

인생이 된다.

인생은 한 방이 아니라, 작은 잽을 계속 날리며 사는 것.

그것만은 확실하다는 결론을 내리며, 내게 어울리는 목표와 우선순위를 다시금 되새겨본다.

나라는 걸작

▲
세
진

모두가 미완성이라고 말하는 세상에서 정신 차리고 살기란 쉽지
않다. 글자 하나를 보고 있으면 어느 순간부터 그 글자가 이상해
보이는 것처럼, 뭔가에 꽂혀서 계속 집착하면 괜찮은 것도 안 괜
찮아 보인다.

미술에서 스케치는 미완성인 밑그림일 수도 있지만 작가가 어떻
게 정의하느냐에 따라 완성된 하나의 작품이 되기도 한다. 그래
서 완성은 주관적인 것이다. 누가 평가하고 알려주는 것이 아니
라 내가 결정하고 완전히 이루었다고 여기면 진짜 완성이 된다.
우린 생긴 모양 그대로 이미 쓸모가 있고 완전하다.

엄마 아빠의 멋진 걸작품들이여, 어깨를 쫙 펴고 허리를 꼿꼿하
게 세우며 세상에 외쳐보자.

"내가 미완성이라고? 아니, 난 완성작인데?"

나의 자리를 찾기까지

▲
세
진

생물학을 공부하는 친구가 예전에 이런 얘기를 한 적이 있다. 세포가 안정적인 곳을 찾기 위해서는 더 큰 반동을 주어서 그 공간을 벗어나야 된다고. 듣고 보니 우리 삶도 크게 다르지 않은 것 같았다. 더 편안하고 안정적인 삶을 위해 불안함과 고통을 감내하는 일은 어쩌면 당연한 걸지도 모르겠다고.

도전하고 싶은 일이 있다면 삶의 계단을 하나하나씩 오를 때마다 낯선 불안을 어깨에 지고 중력을 이겨내야 한다. 꼭 맞는 내 자리를 찾아가려면 원래 내가 가진 힘보다 더 힘껏 바닥을 내딛어야 한다.

오늘, 당신에게도 내일을 기대하게 만들 더 큰 반동이 일어나길 바란다.

내가 그려낼 그림

윤
주

언제부터인가 내가 정해놓은 선에 닿지 못하면 끊임없이 나를 괴롭히고 또 괴롭혔다. 세상이 무너질 듯 몰아세우기도 하고 사탕 하나 주며 어르고 달래보기도 하면서. 돌아보니 늘 곧고 예쁜 선을 그으며 오지는 못했지만 그래도 제법 잘 걸어왔다.

엉켜 있는 선 안에 있을 때도, 곧게 선을 그으며 걸어갈 때도, 왜 난 그리도 나를 믿지 못하고 칭찬해주지 않았을까.

시간이 많이 지나 내가 걸어온 마지막 길을 돌아봤을 때, 완벽하지는 못해도 삐뚤삐뚤 꽃 한 송이 그려낼 수 있다면 참 좋겠다. 어떤 그림을 그려가고 있는지 여전히 알지는 못하지만 나를 너무 미워하지도 말고 조급해하지도 않으면서, 그렇게 걸어가기를.

내 삶의 수평 잡기

얼마 전 매거진 인터뷰를 할 기회가 있었다. 우리가 살아온 30대에 대한 이야기가 듣고 싶다고 했다. 벌써 30대 맨 끝자락에 온 것도 새삼스러운 데다 아직 40대를 맞이하기엔 준비가 덜 된 것 같다는 생각에 조금 복잡한 마음으로 인터뷰를 진행했다.

그런데 인터뷰를 하며 이런저런 이야기들을 늘어놓고 나니 오히려 생각이 정리가 되기 시작했다. 당황스러움 뒤에 찾아온 깨달음은 바로 '아, 그동안 난 그냥 직면하지 못했던 거구나. 받아들이기 싫은 거였구나'였다.

복잡한 생각이라고, 아직은 내가 판단하기엔 이르다고 미뤄왔던 그 문제들은 사실 그냥 내가 생각하길 거부했던 거였다. 미루고 회피한다고 능사가 아니란 걸 알면서도 솔직하지 못했다. 최소한 나에게만큼은 솔직할 수 있어야 내 삶의 수평을 제대로 맞출 수 있을 텐데 말이다. 두려워도 다시 영점을 맞춰 어디서든 시작할 수 있는 내가 되길 바라본다.

단순한 위로

윤
주

벤치에 앉아 운동장을 뛰노는 아이들을 봤다. 축구공을 가지고 한참을 뛰어다니다 힘에 부친 아이들이 운동장 끝에 있던 골대를 가운데로 옮겨놓고 다시 게임을 시작한다.

'아, 아이들은 이런 방법을 찾네.'

아이들의 모습을 보는 것만으로 뭔지 모를 자신감이 생겨나는 기분이다.

진리는 단순하다는 말이 생각났다. 멀리 있으면 가까이 가져오면 되고, 없으면 만들면 되고, 넘어지면 일어나면 된다. 생각보다 내가 나에게 힘을 줄 수 있는 방법은 참 많다. 내가 찾지 않아서 없는 것일 뿐.

♫ ▶ 낭만 | Paulkyte | 201

함께라서 좋은 것

▲
세
진

나 혼자라면 절대 못 할 것 같은 일들이 있다. 그런데 신기하게도 같이 하는 사람들이 있으면 힘이 나고, 모르는 사이라도 서로 의지가 되기도 한다. 달리기를 할 때 더 이상 힘들어서 못 하겠다 싶을 때도 같이 뛰는 사람이 있으면 백 미터라도 더 달리게 되고, 등산도 혼자라면 절대 오르지 않을 곳도 서로 격려하며 가다 보면 어느새 정상에서 성취의 기쁨에 젖어 오이를 나눠 먹고 있다.

'시너지'는 '함께 일하다'라는 뜻을 지닌 그리스어 'synergos'에서 유래된 말이라고 한다. 함께 일하면 더 큰 힘을 낼 수 있다는 것. 무리 지어 날아가는 기러기는 1년에 1만 킬로를 이동하는데 아마도 혼자였다면 금방 날개를 접었을지도 모른다.

혼자 무언가를 하는 데 지쳤다면 그 무언가를 함께 공유할 수 있는 곳에 나를 떨어뜨려보려면 어떨까? 상상한 것보다 재밌는 일들이 벌어질지도 모른다. 내일부터 우리 함께 문을 열고 한 발 힘차게 내딛어보기!

복잡한 지도 어디쯤에서 길을 찾은 날에

● 윤
주

카페에 한참을 앉아 있었다. 책을 보려 해도 이미 꽉 차 있는 생각들로 아무것도 소화가 되지 않았다. 눈으로 삼키는 문자들을 머릿속에서 밀어내고 자세를 고쳐 앉아도 봤지만 여전히 책장은 넘어가지 않았다. 곰곰이 생각하다 내 머릿속을 괴롭히는 모든 걸 적었다. 적다 보니 시작과 끝이 어디인지도 모를 복잡한 지도 위에서 현재 위치를 찾을 수 있었다.

지금 내가 어디에 있는지 안다고 해서, 나의 문제점을 직면한다고 해서 당장 출구를 찾을 수 있는 건 아니다. 하지만 한 가지는 알 수 있었다.

길은 어디에나 있다는 것.

다만 나 스스로 눈을 가리고는 캄캄하다고, 길이 없다고 주저앉아 있었다는 것. 내가 나아가지 않았을 뿐 방향만 틀어도 길이 시작될지 모른다. 이제 그만 자리를 털고 일어나 내일부터 하나씩 차근차근 해봐야겠다. 우선은 눈을 가리고 있던 손을 떼보는 것부터 시작해봐야지.

나를 보여주는 일

▲
세
진

일상 속에서, 사람들과의 인간관계 속에서 나를 보여주는 건 어디까지가 좋을까?

너무 솔직할 필요도, 너무 철벽일 필요도 없다고 생각했다. 하지만 그 적정선을 찾는 건 항상 어려웠다. 나는 여전히 내 이야기를 음악과 말과 글에 녹여내는 것이 필수라고 생각하면서도 너무 티 나게 드러나는 건 기피하며 애매한 마지노선을 조정하며 살아왔다.

그러다 나의 이야기를 직접적으로 풀어낼 기회가 생겼다. 그 일을 하면서 어디까지 이야기를 해야 하는지에 대한 고민을 무척 많이 했고, 고민의 끝에 '결국 사람의 마음을 움직이는 건 진솔함'이라는 결론을 내렸다.

누군가에게 진심을 보여주는 여정. 찾아가는 길이 쉽지는 않겠지만 앞으로도 나의 이야기를, 그리고 옥상달빛의 이야기를 진솔하게 잘 풀어나가고 싶다. 우리 이야기에 귀 기울여주는 좋은 친구들을 생각하며.

나의 원을 그리는 일

●
윤
주

작은 원을 빙빙 돌며 살고 있다. 얇았던 그 선은 점점 더 두꺼워
졌다. 내가 조금 원에서 벗어나도, 흔들려도, 두꺼워진 선 안에서
는 잘 티가 나지 않았다. 그렇게 적당히 살아간다. 소금쟁이처럼
물 위에 떠서 같은 자리를 맴맴 도는 물맴이도 어느 순간엔 날개
를 펴서 날아가기도 한다는데.

나도 그곳을 벗어나 새로운 원을 그리며 살아갈까 고민도 해본
다. 못생긴 원이 그려지는 게 겁이 나 오랫동안 마음속으로만 그
림을 그려보다 한 발을 내딛었다.

그동안 컴퍼스로 그린 것 같은 반듯한 동그라미를 그리는 게 최
선인 줄 알았는데, 한 발 내딛어보니 어떤 모양이든 괜찮을 것 같
다. 이제야 보인다. 자기만의 모양을 천천히 그려나가고 있는 많
은 사람의 모습이.

비 온 뒤, 맑음

▲
세
진

비 오는 걸 썩 반기지 않는다. 차도 막히고, 신발은 젖고, 기분도 영 흥이 안 난다. 그럼에도 딱 하나 좋은 게 있다. 뭐든 깨끗하게 씻겨 내려가는 걸 보는 것.

먼지가 사라진 도시는 감춰뒀던 풍경을 멀리까지 보여주고, 비 온 뒤 물방울 맺힌 나무 사이로 햇빛이 비칠 때 세상은 더 생기 넘쳐 보인다.

인생의 장마 또한 현실처럼 불편한 것투성이에 영 살 맛이 안 날 때가 많다. 마르지 않는 빨래처럼 기분도 축축 처지고, 빗물이 샌 운동화처럼 몸도 마음도 무겁게 느껴진다. 하지만 혹독한 비가 그치고 나면 나무는 어느새 더 깨끗하고 튼튼하게 자라 있다. 초록이 더 선명하게 고개를 든다. 비 온 뒤 땅만 굳는 게 아니다. 그 사이 나무는 달라져 있다.

나를 믿는 용기

윤
주

나는 나에 대해 얼마나 알고 있을까?

나에 대해 다른 사람보다 더 좋게 평을 하는지, 혹은 더 별 볼 일 없는 사람 취급을 하고 있는 건 아닌지.

우린 남들에게 "할 수 있어"라는 말을 아끼지 않으면서 정작 자신에게는 확신을 갖지 못하고 자꾸만 바깥에서 정답을 얻으려고 한다. 내가 나를 믿어주고 힘을 주지 않으면 다른 누구의 어떤 응원도 와닿을 수 없다.

나를 구하는 것도 나, 나를 안아주는 것도 내가 되어야 삶이 더 단단해질 텐데. 다른 사람들의 마음을 헤아리기 전에 나부터 바라보는 연습을 해보자. 나부터 인정하고 사랑하는 연습을.

2019 실패 박람회

▲
세
진

횡단보도에서 신호를 기다리는데 건너편에 걸린 현수막이 눈에 들어왔다.

'2019 실패 박람회. 실패를 넘어 도전으로.'

참으로 파이팅 넘치는 문구네 싶은 한편, '실패 박람회'란 말 자체가 묘한 위로가 됐다. 실패가 주인공이라니, 어색하면서도 반가웠달까. 궁금해서 나중에 검색해보니 재기를 위해 도움이 될 만한 정부의 공공 서비스와 정책을 알려주는 캠페인이었다.

보통 실패를 하면 '실패자'라는 딱지와 함께 동정 어린 시선과 자괴감을 견뎌야 할 시간들이 온다. 실패라는 무게에 짓눌려 바닥만 쳐다보면 세상에 혼자 남겨진 기분이 들 때도 있지만, 사실 나를 도와줄 사람은 어디에나 있다. 그게 책 한 권이 될 수도, 친구의 말 한마디일 수도, '실패 박람회' 같은 작은 정책일 수도 있다. 세상에 죽으라는 법은 없듯, 인생에서 영원한 실패자는 없다.

흐린 날에도 당신은 반짝이고 있었다

▲
세
진

반짝이는 젊음이 좋다만 야속하게도 그 시절엔 시행착오가 항상 따라 다닌다. 그래서 난 늘 넘어지고 불안했고, 나 자신을 믿기가 어려웠다. 불안한 마음에 일에 더 열중해보기도 하고 그러다 넘어지는 게 별일 아닌 날도 오더니 조금씩 살 만한 날들도 찾아왔다.

새로운 의미 없이, 그저 세상에 던져진 돌 같은 삶처럼 느껴지는 날도 있었지만, 시간이 지나고 보니 각자의 생애엔 이뤄야 할 뜻과 각각의 쓸모가 있다는 걸 알게 됐다. 왜 나한테 이런 일이 일어난 건지 알 수 없는 괴로운 날도, 조건 없는 선물같이 행복한 날도 아무 이유 없이 찾아온다.
'인생사 새옹지마'라는 말처럼 상황은 언제든 바뀔 수 있다. 그러니 지금 죽을 만큼 괴로운 날들이 영원토록 계속되진 않을 거란 걸 잊지 말자. 자신을 포기해버리기엔 우린 아직 너무 젊다.

초록이 내게 들려준 말

윤
주

작업실에서 오들오들 떨고 있는 식물들을 집으로 데리고 왔다. 쉽게 회복되지 않는 걸 보니 정말 많이 추웠던 모양이다. 차에 싣고 오며 미안하다고 몇 번을 말했던지. 한동안 참회하는 마음으로 식물들을 바라보며 하루를 시작하고 마무리했다.

꽃을 키우기 전까진 꽃 한 송이를 피우는 데 얼마나 오랜 시간이 걸리는지 몰랐다. 겨울이 되어 모든 잎이 다 떨어지고 죽은 것만 같다가도 사랑과 관심, 기다림을 주면 다시 어여쁜 싹이 자란다는 것까지. 이 사랑스런 초록 식물들은 또 조용히 나에게 많은 가르침을 준다.

요즘 여기저기서 서두르지 말라는 말이 자주 들려온다. 누군가를 위한 이야기들이 모두 내 얘기처럼 들리는 건 아마도 내가 서두르며 살고 있기 때문이겠지. 기다릴 줄 알아야 예쁜 꽃을 볼 수 있듯, 나도 급한 마음은 내려놓고 자분자분 잘 걸어가봐야겠다. 빨리 가는 것보다 올바른 방향으로 가는 게 무엇보다 중요할 테니.

숨을 크게 들이쉬고, 후−

그냥 뭐든 해야 할 것 같은 때가 있다. 다시 하지 않으면 안 될 것 같은 때, 플루트 연습을 다시 시작했다. 1년 만에 예전 감각을 되찾는 것이 그리 쉽진 않았다.

자세를 바로하고 입술 모양을 일자로 만들어 편평하게, 그리고 어여쁜 소리를 기대하며 바람을 후− 하고 뱉는다. 어깨에 힘이 들어갈 때마다 자세를 고쳐 앉고 편안하게 숨을 내쉬려 노력해본다. 숨이 빠져나가며 약간의 미련과 후회, 좋지 않은 기억들과 말들을 악기와 함께 내뱉고 나면 그것들은 곧 소리와 함께 흩어진다.

숨을 크게 들이쉬고, 후−

숨을 크게 들이쉬고, 후−

그렇게 한참을 반복하다 보면 어느 순간 나도 괜찮아진다.

나를 믿고 계속 가세요!

▲
세
진

노래를 부르다 간혹 실수를 하면 그때부터 갑자기 집중이 흐트러진다. 실패했다는 생각에 완전히 매몰되거나, 모든 긴장이 몰려오면서 쓸데없이 몸에 힘이 들어간다. 또 잘못하면 어떡하지, 또 음 이탈이 나면 어쩌지 싶은 두려움에 노래에 대한 집중이 흐트러지면 듣고 있던 선생님은 놓치지 않고 나에게 말한다.

"나 자신을 의심하지 마세요! 그냥 계속 가세요!"

신기하게도 그 말을 들으면 금방 정신이 차려진다. 나를 잡아먹을 만큼의 의심. 그게 문제였던 거다.

가끔 다른 누구보다 내가 나를 가장 덜 믿어줄 때가 있다. 나를 향한 의심을 떨치고 일어나는 것만큼 세상에 힘든 일이 또 있겠느냐만, 그럼에도 내가 나를 끝까지 믿어줘야만 한다. 그래야 성공이든 실패든 진정 받아들일 수 있기 때문이다. '졌지만 잘 싸웠다'는 말도, 의심 없는 최선 끝에만 할 수 있는 말일 테니.

다정한 이야기를 나눈 다양한 밤에

윤
주

다양한 사람을 만나며 이야기를 나누는 게 내게는 정말 큰 즐거움이라는 걸 종종 느낀다. 어떤 상황을 한 발짝 떨어져서 볼 수 있도록 생각을 열어주기도 하고, 생각지 못했던 내 장점과 단점도 발견하게 해준다. 힘든 일이 있을 땐 진지하게 같이 고민해주기도 하고, 잠시나마 잊을 수 있게끔 다른 이야기로 환기를 시켜주기도 한다.

'낯선 사람 효과'라는 말이 있다. 때로는 낯선 사람, 자신과 다른 곳에 속한 사람에게서 큰 영향을 받을 수 있다는 것. 어느 방향이든 벽을 쌓아두면 안 되겠다. 가깝거나 낯설거나, 자주 보거나 가끔 만나거나 다양한 사람을 알아가는 것이 다양한 나를 만나는 일이다.

시간이 아주 많이 흘러 내 곁에 나와 비슷한 사람, 정반대인 사람, 재밌는 사람, 진지한 사람, 행복한 사람, 조금 덜 행복한 사람들 모두와 변함없이 즐거운 이야기를 나눌 수 있는 그런 할머니가 된다면 좋겠다.

조금 더 멀리서 나를 볼 수 있다면

●
윤
주

'남의 떡이 커 보인다'는 속담은 적어도 '걱정'과 '고민'에만큼은 통하지 않는다. 심각한 일들이 내 일일 때는 한없이 무겁지만 제삼자가 되고 보면 그렇게 명료해 보일 수가 없다. 복잡하게 얽히고설킨 문제도 매듭 하나만 잡아당기면 술술 풀릴 것 같고, 막다른 길이 나와도 돌아서 다른 길로 가면 그만이라고 너무나 간단하게 해답을 내놓는다.

나를 좀 더 객관적으로 보는 연습을 하며 살아가려고 하지만, 막상 많은 일이 닥치면 어느 샌가 그 속에 빠져 허우적거리는 나를 발견한다. 그 누구의 조언도, 당부도 마음에 닿지 않고 튕겨나가고 만다.

'남 일이니까 이렇게 쉽게 얘기하지.'

생각해보면 당연한 일이다. 남의 일이라 좀 더 잘 보이는 것. 그래서 좀 더 명쾌해질 수 있는 것.

♫ ▶ Circles | Mac Miller | 217

당신의 바다는 무슨 색인가요?

▲
세
진

인생은 과정이 중요한 거라고 다들 말한다. 그렇다면 그 과정의 즐거움을 찾는 게 우선일 텐데, 그게 꼭 언제나 즐겁기만 한 것은 아니다. 내가 좋아서 하는 일인데 왜 이리 고될까 싶은 날이 있는 가 하면 역시 시작하길 잘했구나 싶은 날도 있다. 나는 여전히 그 두 마음 사이에서 갈팡질팡한다.

예전엔 내가 원했던 바다 곁에만 가도 완성이라고 생각했다. 하지만 막상 바다에 도착해보니 그 바다는 너무나 넓고도 깊었다. 한참을 복잡한 마음속에서 시간을 보내다가, 어느 순간 그 곁에서 모래성을 쌓고 파도가 모래성을 허무는 걸 재밌어하는 아이들의 모습이 하나둘씩 보였다. 나는 저들처럼 성취하고 실패하는 모두를 즐겁게 받아들인 적이 있었나.

바다에 압도될까 봐 두려워할 것인지, 파도 위를 첨벙거리며 바다 곁에 왔다는 걸 기뻐할 것인지는 내 선택에 달렸다. 아직 마음은 갈팡질팡하지만, 그래도 이 바다에 도착한 건 잘했다 싶으니 다행이다.

만년 연습생

윤
주

연습은 배신하지 않는다는 말을 믿는다.

스스로에게 화가 나는 경우 대부분은 내가 더 시간을 쏟지 않았고 부족했음을 알기에 누구 탓을 할 수가 없다. 실수가 많은 내가 이 험난한 세상에서 잘 살아나가려면 수많은 연습이 필요하다. 사람과의 관계도, 내가 잘하고자 하는 일들도, 거절하는 법도, 이별하는 법도. 내가 잘하지 못하는 건 왜 이렇게 많은지 매일이 연습이다.

발전 없는 것 같은 비슷한 하루 속에 살고 있지만 쉬지 않고 연습하며 배우고 있으니 자책하지 말자. 아직 완벽할 수 없는 게 당연한 걸지도 모르니.

쓸모없는 일탈의 쓸모

●
윤
주

매일이 똑같이 흐르는 것 같지만 어느 하나 어제와 똑같은 건 없다. 매일 같은 시간에 일어나 같은 일을 하고 같은 시간에 집에 들어온다 해서 기분까지 같다는 법은 없으니. 마음이 힘든 날엔 집에 오자마자 씻지도 않고 그대로 잠깐 누워 있어도 좋고, 생각이 많은 날엔 매일 걷던 길이 아닌 다른 길로 걸어보는 것도 좋고, 기분 좋은 날엔 창문을 열고 봄바람을 느껴봐도 좋지 않을까. 고집하던 나만의 루틴을 깰 때, 그제야 보이는 것들이 분명히 많다.

일상은 생각보다 견고해서 작은 일탈에도 용기가 필요하다. 그일탈이 남들 눈에 쓸모없어 보이는 일이라면 조금 더 많은 용기를 내야 한다. 그리고 그 쓸모없는 일은 틀림없이 쓸모가 있기에 용기를 낼 가치는 충분하다.

천천히 들여다보면

▲
세
진

시간이 지날수록 분명해지는 것들이 있다. 이를테면 취향과 식성, 신용 점수, 건강 상태, 약한 존재를 향한 태도, 사람에 대한 호불호 등등. 자잘한 것부터 꽤나 중요한 것들이 모여 나란 사람을 만들어간다. 시간이 지날수록 나를 촘촘히 알게 되고 그래서 변화를 수용하는 것 또한 어렵다.

그러나 한 가지 확실한 건, 어떤 시점에서 내가 진정 변화하기를 바라고 있다면 그건 결과와 상관없이 그 방향으로 틀어야 할 때다. 왜 하필 지금, 왜 이런 우연들이 나를 요동치게 하고 있는 건지 조용히 자문해본다면 조금은 실마리를 찾을 수 있지 않을까.

어 느 날 의 하 늘

윤
주

가던 길을 멈추고 그 자리에 서서 하늘을 봤다. 이렇게나 오래 하늘을 바라본 게 얼마 만인가 싶었다. 주머니에서 휴대폰을 꺼내지 않고 가만히 바라만 봤다.

이 순간 다른 것에 집중하지 않고 석양을 귀하게 생각할 수 있어서, 아직 마음이 딱딱하게 굳지 않아서 참 감사한 하루다.

제 대 로 한 다 는 것

세
진

"제대로 안 하면 한 것도 아니에요."

운동 중에 트레이너 선생님에게 들은 말이다.

스쿼트 자세를 고치는 내내 별별 생각이 다 들었다.

'아니 그럼, 제대로 할 자신이 없으면 그냥 안 하는 게 낫나?'

'제대로란 게 뭐지? 내가 혼신을 다해 노력하면 제대론가? 아니면 단지 틀리지만 않으면, 그저 결과만 좋으면 되는 건가?'

스쿼트를 제대로 했는지는 모르겠지만 운동 내내 '제대로'란 단어에 대해서만 제대로 생각했다.

그리고 어렴풋이 내 나름의 정의가 내려졌다. 각을 잡고 품을 들여 되도록 무언가에 맞게끔 수행하는 것. 다만 맞고 틀리고보다 더 중요한 건 마음을 먹고 성의를 쏟는 것에 있다는 것. 뭔가를 제대로 하고 싶다면 마음을 먹는 것부터가 시작이다. 그러니까 용기를 내고 마음을 먹었다면 아주 '제대로' 시작한 셈이다.

돛에 부는 바람은 내 것이 아니니

윤주

무언가를 포기하는 건 무책임하고 슬픈 일이라고 생각했다. 내 마음대로 되지 않는 것들에서 도망치는 것이라고도 생각했다. 다리가 후들거려도 버티는 것만 배웠지 내려놓는 건 훈련하지 못해서인지 이런 상황이 올 때마다 난 늘 한없이 작아졌다.

그저 바람 부는 대로 흘러 온 배의 돛을 잡고는 내가 생각했던 곳과 다르다고 끙끙거리며 배의 방향을 바꾸려 애썼다. 더는 그러길 포기하고 나니 이제야 알겠다. 포기는 용기의 또 다른 이름이라고 했던가. 어쩌면 나는 용기가 없어 돛을 놓지 못했는지도 모른다.

슬프지만 세상에는 내 마음대로 되지 않는 일이 참 많다. 그리고 힘들지만 깔끔하게 내려놓아야 할 때가 있다.

모든 걸 포기하고 배 위에 누워 바람이 부는 대로 흘러가다 보면 오히려 더 좋은 곳으로 데려다주기도 한다. 아무것도 없는 우리가 다시 출발점에 설 수 있는 용기를 낸 것만으로도 우린 뭐든 할 수 있다.

문을 여는 마음으로

▲
세
진

무엇을 안다고 말하는 사람이 아는 것은 뭘 모르는 것에 가깝다. 짚고 넘어가자면 이건 나의 이야기인데, 내가 잘하는 일이나 잘 아는 분야라고 생각했던 게 사실은 오로지 나만 잘해서 되는 게 아니라 여러 행운의 신이 도와야 잘된다는 사실을 발견했을 때 보통 이런 생각에 빠진다.

무언가를 알기 시작했을 땐 내가 어떤 것을 알고 있다는 사실을 곧 '안다'라고 인지하지만, 사실은 잘 몰라서 그렇게 단정 지을 확률이 높다. 오히려 뭔가를 깊이 알기 시작하면 자꾸만 모르는 것이 더 많이 발견되기 때문인데, 그건 제대로 알아갈수록 그 세계가 얼마나 넓은지 그제야 깨닫기 시작했단 의미도 된다. 그것도 모르고 '내가 이것에 대해 잘 안다'고 믿으면 오해와 착각의 대환장 파티가 시작된다.

내가 알던 건 바다의 물 한 스푼 뜬 수준이라는 걸 깨달을 때, 소위 말하는 '현타'라는 게 오기도 했다. 내가 바친 세월, 노력, 정성을 애먼 데 공양한 느낌. 하지만 이제부터 다르게 한번 생각해보려고 한다. 그 시간조차 내가 진정으로 무언가를 알아가는 과정이라 여긴다면, 또 다른 문을 여는 거라고. 드넓은 바다 앞에서 어린아이 같은 마음으로, 새롭게 열린 문 너머의 세계를 반갑게 맞이하면 되는 거라고.

기본에 충실할 것

윤
주

한 음악가는 데뷔 50년이 지난 지금도 여전히 가장 중요한 건 기본이라며 매일 기본을 연습한다. 모든 기교는 기본에서 크게 벗어나지 않는다는 그 말이 며칠이 지나도록 마음에 남았다.

'기본에 충실할 것.'

분명 알고는 있지만 시간이 지날수록 기본보다는 그 위에 보이는 화려함에 마음을 빼앗기고 가장 중요한 기본은 뒷전이 되어 버린다. 늘 새로운 걸 찾느라 이미 알고 있는 것들은 다시 돌아보지 않고 기발하고 창의적인 것들에만 관심이 쏠린다. 문득 사람도 음악도 공부도 모든 것이 같겠구나 싶다. 바람에 예쁘게 흔들리는 꽃도 땅속 깊이 단단하게 뻗어 있는 뿌리가 없다면 아무 소용 없을 테니 말이다.

♫ ▶ 둘이 둘이만 | 송창식 | 228

매듭은 단단하게

▲
세
진

가끔 신기한 경험들을 하게 된다. 예를 들면 오랫동안 고민하던 것이 아주 작고 작은 이유로 결론지어지는 것. 고민은 안고 있을수록 원래의 문제보다 훨씬 커 보이게 마련인데, 그럼 정말 큰 무언가가 그 고민의 해결책이 되어줄 수 있을 거라 믿지만 꼭 그렇지는 않다. 오히려 정말 아무것도 아닌 데에서 새로운 열쇠를 발견할 때가 더 많다.

두려움을 안고 들어선 길에서 우연히 마주친 아름다운 풍경, 누군가가 뜻 없이 던진 말 한마디, 그리고 다른 사람들의 보통날을 바라보던 중에 문득, 내 고민의 끝자락을 발견한다. 그렇게 붙잡고 있던 고민이 어느새 끝이 났을 때, 어떤 결론이든 마무리가 지어졌다는 것만으로도 마음이 한결 가벼워진다.

어떤 모습으로든 그 끝을 맞이했다면 거기까지만 고민하고 털어버리자. 마음고생은 되도록 빨리 매듭을 짓고 다음 시간을 준비하자.

작은 변화의 힘

▲
세
진

날씨도 덥고 지루한 날들을 보내던 어느 아침, 작지만 평소와 다른 시도를 해보기로 했다.

하나, 매일 마시던 모닝커피를 디톡스 티로 바꿔보기.

둘, 차 안에서 아무것도 듣지 않고 이동하기.

셋, 평소 다니지 않던 길로 출근하기.

넷, 식사를 평소보다 덜 먹어보기.

커피 대신 마신 티는 카페인보다도 더 아침을 생기 있게 만들어줬다. 건강한 기분은 덤. 아무것도 듣지 않고 이동하니 평소엔 보이지도 않던 구름이 보이고, 들리지 않던 매미 소리가 들렸다. 평소에 다니지 않던 길로 출근했더니 늘 한번쯤 보고 싶었던 보더콜리가 산책하는 모습을 우연히 보았다. 평소보다 식사를 덜 했더니 부쩍 답답하고 더부룩하던 속이 아주 편안해졌다.

아주 작은 변화에도 삶의 밸런스가 건강하게 맞춰지는 기분. 해변을 걷다 예쁜 조가비를 찾은 것처럼 조그마한 변화 속에 숨겨진 소소한 즐거움이 내 삶의 색채를 더 다양하게 꾸민다.

작은 기쁨 수집가

윤
주

한밤중 허리가 아파 일어나보니 허리 쪽에 이불이 뭉쳐 있었다.
손바닥보다 작게 뭉쳐 있는 이불 때문에 잠이 깨버리다니.

우린 생각보다 작은 것에 반응하고 작은 것에 상처받는다. 손에
생긴 거스러미 하나 때문에 옷을 입을 때마다 벌겋게 부어오르
고, 신발 속에 아주 작은 돌멩이가 들어가면 걸음을 멈추고 신발
을 벗어 탁탁 털어야 가던 길을 다시 갈 수 있다. 별 뜻 없이 툭 던
진 누군가의 말 한마디가, 낯선 표정 하나가, 무시하고 지나치기
엔 너무 아프다.

이런 작은 일들에 나의 하루가 무너져 내리는 걸 더는 겪고 싶지
않다면, 작은 것에 반응하고 작은 것에 상처받았듯 별것 아닌 작
은 것에서 기쁨과 위로를 받는 연습을 해야 한다. 이를테면 새로
운 계절에 불어오는 기분 좋은 바람 같은 것. 작은 기쁨들을 꼼꼼
히 챙기며 살아가고 싶다.

오늘을 잘 살아냈다는 기분

▲
세
진

구석구석 방바닥을 닦으며 생각했다. 청소가 정신 수양과 비슷한 면이 있다고. 낮은 자세로 무릎을 꿇고 앉아 땀 흘리며 구석진 곳의 먼지까지 꼼꼼하게 닦아내고, 방 안이 점점 깨끗해지는 과정을 보면 기분 좋은 성취감에 젖게 된다.

목욕도 비슷하다. 한참 전 일본 여행 중에 대중목욕탕에 갔다가 반듯하게 무릎을 꿇고 앉아 몸을 닦으시던 할머니의 뒷모습을 보았다. 그땐 불편하시지 않을까 걱정스러운 눈으로 봤지만, 이제 와 떠올리니 몸을 닦는 것도 정신 수양만큼이나 자기를 아끼고 돌보는 일이란 생각이 든다. 내 몸을 정갈히 하고, 주변을 깨끗하게 청소하고 나면 그날만큼은 어제보다 더 잘 살아내고 있다는 느낌이 든다. 앞으로도 이렇게 꾸준히 잘 살아보고 싶다는 생각과 함께. 사소하지만 내 하루를 잘 꾸려나가는 소소한 루틴 중의 하나다.

인생에서 편집하고 싶은 순간이 있나요?

▲
세
진

언젠가 이런 질문을 받았다.

"인생에서 편집하고 싶은 순간이 있나요?"

번뜩 든 생각은 '없다'였다. 이때까지 살아온 내 모습 중에 그 어떤 것도 재단하고 싶지 않다는 게 신기할 따름이었다.

왜 그런 생각이 들었는지는 모르겠다. 뼈저리게 후회했던 순간도, 눈물 나게 행복했던 시절도, 실패의 쓴맛으로 망연자실했을 때마저도 모두 나에게 필요했던 시간 같았다.

인생이란 약간의 행복과 적잖은 불행으로 채워진다고들 한다. 마음에 들지 않는다고 가위질을 해버린다면 너무 많은 곳에 구멍이 뚫릴지도 모르겠다.

후회의 기억이든, 행복과 실패의 기억이든 모든 순간이 나를 만들고 그 시간들이 내가 기댈 수 있는 언덕을 만들었다는 걸 이제야 알겠다.

여백이 필요한 밤

윤
주

어떤 식당에서 밥을 먹는데 1초도 쉬지 않고 음악이 흘러나왔다. 곡 하나가 끝나고 잠깐의 여운도 없이 바로 다음 노래가 이어졌다.

요즘의 우리 삶도 비슷한 것 같다. 감정의 쉬는 시간 없이 쳇바퀴처럼 매 순간을 돌고 도는 일상. 그러다 겨우 여유가 생기면 '완벽하게 쉬는 방법'을 찾는 일로 그 시간을 채운다.

책을 제대로 읽으려면 중간중간 페이지를 잠깐 덮고 감정을 정리하면 좋다고 한다. 독자의 여백이 많을수록 책의 여운은 더 깊어지는 법. 그동안 감정과 감정 사이 여백이 너무 없었던 것 같다.

침묵도 말이고, 멈춰 있는 것도 춤이고, 기다리는 것도 사랑인데, 온전히 쉬는 시간을 왜 그리도 못 견뎠을까.

오늘과 내일 사이, 아무것도 침범하지 못할 여백을 만들고 싶은 밤이다.

최선의 이익

▲
세
진

'최선의 서비스, 최대의 만족.'

짝꿍처럼 나란히 붙은 문장을 보다 그런 생각이 들었다. 최선을 다한다고 최대의 만족이 저절로 따라올까? 최선을 다해 뛰어도 지는 경기가 있고, 최선을 다해 사랑해도 얻지 못하는 사랑도 있다. 최선과 최대 이익은 엄연히 별개의 문제다.

등불에 소원을 써서 날리는 어느 관광지에서 십수 년째 일해온 가이드의 말에 따르면 요즘 사람들이 가장 많이 적는 소원은 '적게 일하고 많이 벌게 해주세요'란다. 결과에 상관없이 최선을 다하는 것과 최선과 상관없이 훌륭한 결과를 바라는 것. 당연히 후자를 선택하는 게 맞겠지만 행복한 인생을 위해선 결과가 아니라 과정이 더 중요하다는 말이 생각난다.

아직도 어떤 선택이 나에게 좋은 것을 가져다줄지 확신할 순 없지만, 최대의 이익보다는 나에게 현명한 최선을 찾아가며 살고 싶다.

정해진 답이 없다는 위안

윤
주

일을 하다 보면 내가 계획하고 생각한 대로 흘러가지 않는 순간을 만나게 된다. 그런 순간들이 처음이 아닌데도 매번 마음은 어려워진다. 마흔쯤 되면 갈림길 앞에서도 금방금방 정답을 찾아낼 것 같았고 현명하게 길을 찾아 걸어갈 줄 알았는데, 지금의 난 생각만 많아졌고 모든 것에 훨씬 조심스러워졌다.

결과가 어떻든 스스로를 믿고 무모하게 달려가던 예전의 내가 부러울 때도 있지만, 정말 다행인 건 내가 오래도록 걸어가야 하는 이 길엔 정해진 답이란 게 없다는 것. 고로 완벽한 계획이라는 것도 존재하지 않는다.

단 한 가지 길이 어긋났을 뿐, 여전히 내 앞엔 많은 길이 열려 있다. 수많은 길 중 어떤 길을 걸어가든 그 끝에는 생각지도 못한 선물 같은 것들이 기다리고 있기를 바라본다.

또 하나의 점을 찍고

●
윤
주

"우선 시작을 해봐야 알 수 있잖아요. 마음을 좀 편하게 먹고 해
봐요."

내 이야기를 한참 들은 끝에 친구가 꺼낸 한마디.

가끔 자리에 풀썩 주저앉아 아무것도 시작하지 못하는 친구들에
게 내가 종종 했던 말인데, 부메랑처럼 돌아온 말을 들으니 기분
이 묘하다.

옛말에 훈수꾼은 여덟 수를 내다본다고 했다. 한 발 떨어져 객관
적으로 상황을 지켜보면 통찰력이 생기지만 막상 바둑알을 손에
쥔 입장이 되면 바로 다음 수를 두는 것도 갈팡질팡 망설이게 된
다. 별 생각 없이 그어놓은 한계점에 점점 가까워지는 기분 탓에
주눅이 들어 있었나 보다.

10여 년 전쯤, 높아 보이는 어딘가에 목표를 두었던 것 같은데 그
곳이 어렴풋이 느껴지는 걸 보면 그래도 많이 헤매지 않고 잘 온
거라 위로해본다. 지우개로 박박 지우고 저 먼 곳에 점 하나 찍고
다시 시작해봐야겠다.

각자의 봉우리에서 만나

▲
세
진

학창시절 누구나 한번쯤은 올라야 될 산이 있다. 바로 수능이라는 산이다. 나 또한 그 산을 올랐다. 비록 내가 택한 게 아니라 세상이 정해놓은 산이지만, 긴 오르막을 포기하지 않고 끝까지 올랐다는 데에 의미가 있었다.

큰 산 하나를 올라보면 그 위에서 얻는 성취와 기쁨 그리고 나에 대한 믿음이 생긴다. 그 뒤에 이어지는 감정은, 오랫동안 몰두한 것이 사라지고 난 뒤에 오는 시원섭섭함, 더 잘했으면 좋았겠다는 아쉬움, 앞으로는 뭘 해야 할지 모르겠다는 막막함. 그땐 몰랐지만 이런 감정들마저 산에 오르는 것과 마찬가지였다는 생각이 이제는 든다. 마치 이별하는 시간마저 사랑이었다고 말하는 것처럼.

누군가가 말했다. 모두가 같은 산에 올라가려 하지 말고 각자 다른 나만의 산에 올라서 모두가 가장 높은 봉우리에 있자고. 하나의 산이 끝나면 이번엔 내가 선택한 산에 올라가볼 때다.

여리게 반짝이는 빛의 가운데에서

▲
세
진

평소라면 작업실에 있을 한낮의 시간, 문득 카페에 간 적이 있다. 사람들과 떨어져 가장 뒤편 카페 공간이 한눈에 보이는 구석 자리에 앉았다. 거리 두기 정책 때문인지 모두 떨어져 앉아 있었는데, 그래서인지 공간이 괜스레 넓고 광활해 보였다.

모두가 노트북을 켜두고 저마다의 일로 바빴다. 책과 과제물을 잔뜩 쌓아둔 사람, PPT 작업에 여념이 없는 사람. 얼마간 머물렀다 자리를 뜨는 사람과 이제 막 자리 잡고 할 일을 시작하는 사람들이 저녁 무렵 강변북로 가로등처럼 띄엄띄엄 일정 간격을 두고서 빛을 냈다. 자신이 빛을 내고 있다는 걸 모른 채 무심히 자기 일에 몰두한 이들을 보고 있자니, 마치 작디작은 필라멘트가 힘을 내서 등을 켜는 모습 같았다. 그리고 나도 그 속에서 같이 등을 켜고 싶었다.

여리게 반짝이는 빛을 바라보며 누구에게라도 이 말을 하고 싶었다. 당신이 오늘 뭘 했든, 그건 당신이 등을 켜기 위한 과정이었다는 걸.

뿌리 깊은 마음

윤주

1년 전쯤 사 온 식물이 있다. 워낙 뿌리도 약하고 가녀린 식물이 어선지 들인 지 얼마 되지 않아 힘없이 푹 고꾸라졌다.

그렇게 베란다 밖 틈으로 밀려나 있던 녀석이 언제부터인가 푸 릇푸릇 이파리를 내보이기 시작했다. 아마 비, 바람, 햇볕을 온몸 으로 받아내며 더 튼튼하게 자란 게 아닐까 싶다.

삼수 생활을 기점으로 지금까지 나는 틈틈이 나를 베란다 밖 틈 어딘가에 내버려두곤 한다. 에어컨 바람이 시원하게 나오는 곳 에서의 달콤한 휴식도 필요하지만, 나를 발전시킨 건 분명 쏟아 지는 비와 뜨거운 햇빛을 마주하는 순간이었다. 편하고 안락한 곳에 있다 보면 자꾸만 더 쉬고 싶어진다. 그래서 적어도 내게는, 그곳이 늘 좋은 자양분이 되어주진 못한다.

아쉬울 것 없고 아무런 걱정 없이 살고 있다면 그건 아마도 아무 것도 하고 있지 않아서가 아닐까. 항상 무언가를 해내야 하는 건 아니지만, 적어도 내가 하고 싶은 것이 있고 또 잘 해내고 싶다면 베란다 밖 틈으로 나를 내버려둘 줄 알아야 한다. 힘없이 푹 고꾸 라진 마음에 푸릇푸릇한 이파리가 다시 자랄 수 있게.

나의 걸음, 나의 리듬으로

▲
세
진

산티아고 순례길을 다녀온 친구가 말했다. 오랫동안 길을 걷다 보면 나중에 비슷한 시간대에 늘 함께 걷게 되는 사람이 생긴다고. 그렇게 같은 방향으로 함께 걷던 사람이 어느 순간 나를 앞질러 가게 됐을 때, 그땐 왜인지 힘이 들어도 더 걷게 된다고. 그렇게 에너지를 0퍼센트까지 고갈시켜가며 걷다 보면 어느 순간 체력의 한계가 온단다. 그리고 그때 쉬기 시작하면 회복하기까지 한참이 걸려서 결국엔 일정에 문제가 생겨버린다는 거다. 결국 다른 사람의 걸음과 속도에 너무 신경 쓰지 말라는 게 친구의 결론이었다.

나 역시 주변 사람들의 속도와 내 삶을 비교하며 조바심 속에 살 때가 많았다. 내가 지금 이렇게 쉴 때가 아닌데, 라고 생각하는 사람들 중 꽤 많은 이는 너무나 치열하게 살았던 사람들일 것이다. 각자의 쉼의 패턴은 모두가 다를 텐데 말이다. 나의 걸음이 가진 나의 리듬으로 살아가고 싶다.

라 디 오

윤
주

중고등학교 시절부터 잠이 들 때까지 머리맡에는 늘 라디오가 있었다. 엄마에게 혼날까 봐 겨우 들릴 정도로 볼륨을 줄이면서도 멀리 놓지 못했다. 밤과 잘 어울리는 디제이의 목소리와 가끔씩 들리던 종이의 바스락거림. 사연에 딱 맞는 선곡과 완벽한 위로의 말들까지 라디오는 모든 게 좋았다.

시간이 많이 지나, 내가 생각했던 디제이의 모습에 한 뼘도 가깝지 않은 우리가 이곳에서 함께 밤을 보낸 게 벌써 이렇게나 시간이 흘렀다.

우린 서로의 이름을 부르며 매일매일의 기분을 나눴고 따뜻한 위로와 격려를 주고받았다. 멀리 있었지만 늘 가까웠고 만난 적은 없어도 늘 그리웠다.

치열하게 살아가는 삶 속에서 잊지 않고 우리에게 시간을 내어줘서, 다른 사람의 이야기에 기꺼이 귀 기울여 함께 기뻐하고 함께 울어줘서, 그리고 친구가 되어줘서 다시 한 번 정말로 고맙습니다.

빛나던 시절로 다시 돌아간다면

▲
세
진

다시 돌아가고 싶은 시절이 있니?

응, 있어.
나의 어린 시절로.
나의 가장 치열했던 시절로.
누군가를 가장 사랑했던 시절로.
내가 가장 아름다웠던 시절로.

그날로 돌아가면 뭘 하고 싶니?

실컷 더 놀고 싶어.
좀 더 열심히 공부를 하고 싶어.
가족들에게 미안하다고 말하고 싶어.
그 사람에게 사랑한다고 한 번 더 말하고 싶어.
나에게 용기를 주고 싶어.

한순간, 한순간 꾹꾹 눌러 담아

그 시간을 간직하고 싶어.

언젠가 이 밤도 노래가 되겠지

초판 1쇄 발행 2023년 4월 27일
초판 3쇄 발행 2023년 5월 19일

글 옥상달빛
사진 김윤주
펴낸이 이승현

출판1 본부장 한수미
라이프 팀장 최유연
편집 곽지희
디자인 김준영

펴낸곳 ㈜위즈덤하우스   **출판등록** 2000년 5월 23일 제13-1071호
주소 서울특별시 마포구 양화로 19 합정오피스빌딩 17층
전화 02) 2179-5600   **홈페이지** www.wisdomhouse.co.kr

ⓒ 옥상달빛, 2023

ISBN 979-11-6812-622-0 03810